岩 波 文 庫

31-226-1

ま っ く ら

――女坑夫からの聞き書き――

森 崎 和 江 著

岩 波 書 店

はじめに

まだ目のあかぬ兎のような息子を、ねんねこで負んぶし、娘の手をしっかりとにぎって、遠賀川《おんががわ》の風にふかれていました。

みだらな野菜をすてて
炭塵をかむった女らが降りていった
なぜ男は羽根かざりに似るの

ちかちかと数行のきれっぱしが鳴っていました。私のまえには寝そべっている牛のような川原があるばかり。川のはるかむこうに硬石山《ぼたやま》が雪をかむったまま燃えていました。しろい煙を、火山のように雪空に流しているのです。するどくとがっているその山の頂きから左右に流れる稜線に似た岐路が、私のなかでは朱の色を引いて流れています。

「ママ、かえろう」

いくどか娘はくりかえしました。まるで私のこえのように。

「かえるの？　どこへかえりたいの？」

私は、私と娘とに問います。

娘と私はそれぞれ、その問いにこたえねばなりません。握りあっている掌が熱く汗ばんでいて、どことなく滑稽な思いがするほどでした。

私には、それとも女たちは、なぜこうも一切合財が、髪かざりほどの意味も持たないのでしょう。渋茶色の波をひからせている川へむかって、川よ川よ、と、私は呼びかけていました。愛もことばも時間も労働も、あまりに淡々しく、遠すぎるではありませんか。なにもかもがレディ・メイドでふわふわした軽さがどこまでもつづいているので、まるで生きながら死人のくにへ追われているようです。その思いに暗く重くとらえられてしまう。

それは私が本などを読みはじめたころからこの世のなかに感じた反感と憎悪の白い根でした。女たちの内発性とまっこうから拮抗しないニッポン！　武士道！　もののあわれ！　近代！　そこにあるもろもろの価値に血が噴くような憎しみを感じた敗戦前後、あかんべえと舌をだすことを覚えました。心の底から日本という質をさげすんでいる自分の火を守りました。それはまるで民族的な訣別へ私を追うような強さで、私の歩みを押しました。

洞海湾は錆のいろ
くろい肌をひからせて
侮蔑の海をおよぎでる
精魂つきている朝へ

川などへむかって心を傾けていた自分にがっかりして、女なんかくそくらえ、ということばがとびでました。私は、自分をたくさんの女たちからも区別していくようでした。

ほっと吐息して娘をねんねこの袖でつつみました。雪がちらちらと降りつづいていました。

「昔ね、はだしでここを女の人がたくさん歩いたのよ。土のなかで石炭を掘って。子どもも一緒に掘ったのよ。かえるとこなんかなくてね。どこへ行こうかといつもさがしていたのよ」

「どこ行ったの」

「ママもよくわからんの。それでもきっと、いつかわかる。たくさん、そんなおばあちゃんとお話してみるね」

「ママ、どうして泣いたの」

私は川のそばのちいさな店で飴を買ってやってから、道路にあふれている紙屑や野菜のくずを踏んで、私の仕事場である台所へもどりました。

つるはしにまがった指に
ふにあいなすべてのやつ！
寸づまりの絹をにくむさめ肌で

吹いてやる　犬神のふえを

私は何かをいっしょうけんめいに探していたのです。そんな私が坑内労働を経験した老女をたずねあるきましたのは、日本の土のうえで奇型な虫のように生きている私を、最終的に焼きほろぼすものがほしかったためでした。老女たちは薄羽かげろうのような私をはじきとばして、目のまえにずしりと坐りました。その姿には階級と民族と女とが、虹のようにひらいていると私には思えました。彼女たちの心の裂け目へ、私は入っていきました。

森崎和江

目 次

挿画・山本作兵衛

まっくら
——女坑夫からの聞き書き——

無音の洞

明治中後期 スラダナ
炭丈 スミタケの低いカネカタには設備は困難。車路《レール》も
複線にせねばならず炭層の上にスラをかやす。切あげがいる。
昇切羽専用でもある 中以上のヤマで バンガヤリの
ヒドイ(急)ほど作りよい。どこのヤマにもあるのではない。
又 函ナグレの時は大ナグレする。(仕事ができぬ)。
へ かねのある内ちゃ
親分兄分 かねが
なくなりゃ 知らぬ顔
ゴットン

あかい煙突めあてでゆけば
　米のまんまがあばれ食い

と、こんなふうにうたうとばい。坑内唄たい。炭坑《ヤマ》には、太か煙突がたっとるから
それをめあてにいけば食われんこたぁなか。わたしもたいがい歩いたとばい。遠賀川《おんががわ》
の川筋はヤマばかしじゃ。とうちゃんが、がめつき(適当なヤマを探す)にいくとです
ばい。知ったもんをたよって。よそのヤマにいって、「ここはどげなぐあいな」と、
いろんなことを聞いてな、よければ移っていくとばい。どこでもそう変りはなかばっ
てん。

遠賀土手ゆきゃ雪ふりかかる

トコ　ハッチャン
かえりゃつま子が泣きかかる
トコ　ハッチャン

こんな唄もうたいよったよ。うたいながら石(石炭)を運びだしよったと。そのころはどこでも夫婦そろうて坑内へさがりよった。「わたしゃハッチャン好き　ハッチャンみれば……」という唄もあったな。ハッチャンはじぶんがたのかあちゃんのことでもあるけど、まあ、よか人のことたい。坑内じゃおなごはみなハッチャンじゃあ。遠賀川筋のむすめっ子はたいてい坑内にさがりよったばい。だから遠賀川のふきんにはむすめはおらんといいよった。むすめじゃなか、みんなおなごじゃあ。

そんころはあんた、五平太舟といってな、石炭舟が川をのぼりくだりしよったばい。わたしが十七のころ。たしかそんくらいのとしじゃったと思うがな。朝々、唐戸《からと》のへんをいきよったら、腰まで川につかって船頭が舟を引いてあがってきよったよ。帆をいっぱいかけて、五はいから十ぱいくらい来よったなあ。若松《わかまつ》まで石を積んで行ってかえって来よるとたい。あさ早うから船頭は唄をうとうて流しよった。どんな唄じゃったか覚えちょらんな。もうそんころは、たいがい鉄道で運びよったと。わたしが見たのはほんのしまいがたたい。

川いうてもあんた、五平太のくだりよったのは遠賀川じゃなかですばい。遠賀川にならんでいる堀川たい。黒田藩の栗山大膳がこしらえた堀川じゃ。あんた行ってみたことあるな？　いまはもう葦やら泥やらでつかいもんにならん。でも、あのころは、その堀川のならびに料理屋や飲屋がずらずらあってなぁ、にぎやかなもんじゃった。いまはもうさびれてしもうとるがなぁ。

坑内へさがりよったころは陽をみんことも多かった。坑内でつかいよった馬は何日も上へあがらせせんから、上へあがったらもう使いもんにならんごと弱っとったというが、幾日も陽をみんと妙なもんばい。

子どもをかもうてやれんから、それがいちばんつらかなぁ。なんがうれしいというて、あんた、仕事がすんであがるとき、とおく、上んほうに坑口の灯がぽつんと見えるとな、もう、うれしくて。子どもにあえる！　子どもにあえる！　とおもったなぁ。ほんとに、あんた、こんなに細《こも》う、ぽつんと見上げるごたる上んほうに見えるとですばい。あがってみるともう夜になっとってねえ。子どもが坑口まで迎えにきとることもあったねえ。

わたしらおなごは、朝二時に起きるとばい。そーっと、音のせんように、下駄は音がしてつまらんから、藁ぞうりを履いてな、そして火を焚きよったよ。くど(竈)といっても一斗ガンガンばい。レンガを敷いて一斗ガンガンを据えて、それに石(石炭)を焚いて釜をのせるとじゃ。ごはんができたら、まあだ暗いのに、眠っとる子ば起してな。かわいそうに、目をこすりこすりぐずる子を叱りとばしてばい。べんとうをつめて——べんとうは、くらがえといって今でも木樵りのとこにいきゃありますばい。竹で小判型に二段かさねるように作ってあると。上と下を杉板ではってあってな。これにべんとうつめて、かせにん(独身)なら、なわで十文字に結《い》わえてツル(鶴嘴《つるはし》)にひっかけて肩にかついでいきよった。わたしらおなごは風呂敷につつむもんもあったな。そんなのを子どもにもめんめん(各自)につめてやってな。保育園に連れていくとばい。道はまだ暗かけんなぁ、子どもはあと追いして泣くしの。一日八銭で昼も夜も預ってくれよったが。

けどなぁ、坑内さがるときは思いよったぁ。——またあの子に逢えるじゃろうか——と。帰って抱いてやれるじゃろうか、もう、あの子は母親を亡くすのじゃなかろうか、抱いてもらえん子になるのじゃなかろうか、と思わん日はいちんちもなかったなぁ。

坑内はあぶなかとこじゃけん。いのち知らずの仕事じゃけ。四つん這いになって、レールを手でしっかり握って石をいっぱい積みこんだスラ［ソリ状の木箱］をね、滑りおちんように頭でささえてばい、三十度以上ある傾斜をじりじりあとずさって持ってさがるとばい。口にカンテラをくわえてな、下に函《はこ》(炭車)がおいてあるけん、切羽《きりは》［採炭現場］からそこまで持っておろさにゃならんと。

スラを引いてのぼりおりするところは、コロが敷いてある。丸太ですたい。レールの枕木のようなもん。それをわらじの先で、滑りおちんごといっちょずつ足場をたしかめながらおりますたい。ひょっとしてすべってみなさい、自分があぶないぐらいのことじゃないですばい。みんな、そこをじりじりさがりよるとですけんな。赤ん坊を負うとるもんもおるとですばい。地下水がぽたぽた垂れてコロはよく滑る。わたしらはいつでも、朝、坑口で「今日はよかったあ、あと追いせんじゃった」「よかなあ、うちゃいかん、入りとうなか、あと追いして困ったけ」と、そんな話ばっかししよったよ。

そういいながら、ノコ、ヨキ、ギチ［発破孔に装塡する粘土］にする泥を手拭いいっぱい。それからお茶ガンガンのこんなにふといと。それにツルを三丁も四丁もかついで薄暗いのにガチャガチャいわせてな。それから先山《さきやま》――たいてい男で、おなごは後山《あとやま》じゃけんど――その先山さんのべんとうと、自分のと、そんなにぎょうさん（たくさん）かついで、おくれんごと、いそいでおりて行かんならん。

はよう行かんな、函の取りまえがなくなる。じぶんの切羽のちかくまで函を引っぱっていかんならん。スラで石を三杯はこべば函いっぱい。函に名札ぶらさげといて、地上へ出した函のかずでその日の石の切り賃をもらうとたい。それで急がんならん。夫婦なら「よか、よか、おまえおれがもつ」というてね、ノコやヨキを持ってくれたり、先にいって函をとっておいてくれるばってん、他人はむごいもんですばい。男は先山で掘るのが仕事だから、掘るだけ掘りゃあがってしまう。おなごは掘りだした石をはこぶのが仕事じゃけ、いつまでも残ってはこばないかん。うしろがみを引かれるおもいでさがりよったばい。

そんなふうで、子どもは夜あうだけたい。わたしらまっくろになってあがるでしょ。ざっと、手と顔の汚れをおとしたら、すぐかついできた石を一斗ガンガンにごんごんおこして、四畳半のまんなかに置きますたい。布団がないから。十軒に三軒は布団なしですけ。

納屋《なや》（炭坑住宅）は四畳半か六畳一へやきり。へりなしたたみで、たたみの敷いてないヤマもおおかです。莚《むしろ》が板のうえに敷いてある。ふすまも障子もなかとですばい。そのへやに半間《はんげん》ほどの土間《どま》がついとるだけ。土間の入口は、以前は戸もなくて莚がさがっとった。

明りとりの窓がひとつ。板戸の突きだしまどだった。天井もないと。そんな納屋が四軒とか五軒とかつながっとる。天井がないから長屋じゅうの煙がかまいなしに流れてきて、渦まいてたまったもんじゃない。針金を天井に引きわたして、それに新聞をはって、天井をつくりよったばい。家移りすると、天井はりが苦労じゃった。

天井のつくりかたは、新聞の幅よりすこしせまい寸法で、かもいとかもいに何本も針金を張りわたすとたい。その針金を、新聞の両端でくるんで糊どめするたい。そんなにすると、新聞のはってあるところと、はってないところが一列おきにできるじゃろう。こんどは、はっとるところに糊をつける。そして一列おきに空いとるとこを新聞でうめていくたい。いつでも、家移りしてそんなふうにはればいいけど、めんどうで、前にはってある上へべたべた糊つけてはる。それで糊のしめり気で、ばさっと落ちることがあってな、……下から爪ではじくと、もう、どのくらいかさねてはってあるか、音でわかるけんなぁ。

壁も荒壁で、どろがばらばらおちてきよった。屋根は藁ぶきか板ぶきたい。ほら、いまあの土手ん下に一軒藁屋根があるでしょうが。あれが、むかしの大納屋ですたい。火がおこったらな、ハンコとバケツもって事務所に走るとばい。その日の金をうけて、それから配給所に米買いにいかんならん。さあ、掘りまえによるばってん、大正の初めごろでひとり一日三十銭から四十銭ですたい。十二時間から十六時間はたらいてそのくらいじゃ。米一升が十三銭のころ。

わたしらの石の切り賃は、現金でなくて、米券とか金券とかのこともあったとばい。そのヤマの鉱所内の配給所だけでつかわれるとですたい。そんな金でも、取りまえそっくり貰えるもんはよかうち。誰か病気でもすれば借りんならん。借りれば切り賃から引いてあるけん、また借りる。そんなわけで、その日の切り賃の顔みんもんも多いとじゃけ。

石一函がいくらと決まっちょった。一函の切り賃をさげられると「しょうがなか、一函よけいだすか」というてね、それを承知で働きよったと。わたしら資本家のもんにまあだ、よかしこもろうてよかとじゃ。ほんなことばい。どげん奴隷のごつ働いたな。昔の炭坑はえらいもうけたとじゃけ。取るしこ、わたしらから取ったとじゃけ。ほんに奴隷じゃな。たいがいにもうけたろうな。いまん労働者は偉いばい。

わたしら、そんなふうにしてその日の金をもろうたら、急いで売店さへ廻って、米一升買うて――毎日一升ずつ買うとですばい――夕ごはんのしたくするたい。一升十三銭ぐらいじゃった。三十銭になったとき、八幡《やはた》で争議があったとじゃ。それから、ボーブラドックリ(南瓜のかたちをした徳利)に七銭ばっかしショウチユウを買うて夕ごはんたい。

米が十銭すりゃ　ヤッコラサノサ
　とうまめ食えんね　ヤッコラサノサ

という唄があるたいな。わたしら、うたいよったばい。

子どもは、よく「油ふだくれえ」とせがんだな。油ふだは坑内でつかうカンテラの油を買う札で、鉱所内じゃ金とおなじように通用しよったけん。「ほら」とやると、よろこんで飴を買いに走っていきよる。「ぼりぼり嚙まんと、なめとれ」というたもんたい。

カンテラ用の油は、日に二銭がといるの。わらじが一足二銭で二足はくので、油代とあわせて六銭。それからツルの焼き賃、これが一銭。それだけは毎日《まいひ》に金がいる。わらじは二足目まで切ってあがるからお湯場のまえにゃわらじの山がでけよったよ。

おかずがでけるころ、とうちゃんが坑内の始末をしてあがってきて風呂に行きますたい。風呂は混浴でしたけ、若い衆は風呂につかっちょってようあがりきらん。娘っ子も入ってくるけんな。わたしらも若かったころは、風呂のふちに胡椒をぬったりしてわるさしてよろこんだりしていたね。

わたしらおなごはごはんがすんでから、子を連れて風呂にいきますたい。粉炭がびっしりついとりますけんなぁ、まつげのあいだやら。おなごは髪を洗うのが気がひけよったな。

それから明日のあさの用意をせんならんでしょう。子を抱いてねかさんならんし。子どもがすうすう眠ると、じいっとわたしは着物の袖をぬいで、また片方もそっとぬいで、そのままぬくもっとるわたしの着物を着せかけてやりよったな。そして、もう坑内着を着ておくとばい。つくろいもんやら、学校いく子の用意やらしてやって、そして眠りよった。

そのころの炭坑は納屋制度でしたけん、棟領《とうりょう》がかしら。その下で坑夫はみんな子方《こかた》になって働くとですたい。島田組とか湯浅組とか棟領の名ついとった。組と組とが仲がわるいということはなか。組のことを大納屋ともいいよった。組に人繰《ひとぐ》りといって、いまでいえば、まあ組合の書記たいな。そんな役といったらよかろうな。棟領の下のもんばってん、それが棒を持ってうろうろしていてなぁ。朝いつでも子方の納屋をみてまわるとたい。もし、ねとるもんがおったら、「なんや！　頭がいたか？　ばか、ショウチュウば飲みすぎとると。出ろ！　出らんか！」となぐるとばい。

棟領は子方の賃金の歩合をとりますたいな。わたしら金に困ると借りるとこがなかけん誰でも大納屋の棟領から借りよった。すると、切り賃から引いてある。それでまた借りる。そげなふうで、年がら年じゅう金に追われちょると、もうどうもこうもならんごとなるたいな。それでこっそり逃げますたい。そんなふうになったころは、棟領のほうでも、うすうすわかるから、人繰りが「けつわる（逃亡する）つもりじゃろが、おまえ！」と納屋のまわりをうろつくとですばい。そればってん、どうかこうかして逃げてしまうとよ。

「けつわった。今日はどことどこが、けつわった」と、そんなはなしを聞かん日はなかったばい。どこのうちでも釜ん底は、ぴかぴか光るごと磨いてある。どうしてかというと、布団のなかに釜をいれてきりきりしばってとうちゃんが負えば、あと着替えがちっとばっかしあるだけじゃけん。それを風呂敷にくるんでかあちゃんがさげりゃおしまいですけんな。いつでも逃げだせる。

そんなにして逃げおおせたもんはよか。早う気付かれて途中でみつけだされりゃ、しばりあげて連れかえされるとですばい。そしてこん棒で力まかせになぐる。気絶しますばい。気絶すりゃ、水をぶっかけて息をふきかえさす。またなぐる。土間の土が黄色く体じゅうについてな、そげな仕置きを「きな粉にする」とか「土間をねぶらせる」とかいうとばい。けれど、逃げおおせて、よそのヤマさへ行ってもおもわしくないときは、またもとの大納屋にもどってくるもんもいるとですばい。そうすると、「どうや、どこの烏も足のうらは黒かろうが、働けや」というだけ。叱りもなんもせん。そして支度金《したく》を貸してやると。日用品を買わんとならんけんな。

そんなふうで、なにからなにまで棟領さんにおぶさってくらしておったな。ほかのくらしようはなかったけ。同じ鉱所内でよその組の子方に移るということは聞かんじゃった。そんなことしてはいかんということはないけど、そこは義理があるからな。だれでも考えるたいな。

そのころ、戸棚ひとつ二十円。たんす五十円くらいだったよ。石炭箱二つ三つ持ってひっこししてきたもんがあれば「あそこは車力で来んしゃった」と驚いてはなしよったばい。「ほう馬車で来んしゃった。たんすば持っとらっしゃるちな。五十円も持っとらすたいなぁ。中納屋(の棟領)ぐらいじゃろうか」と噂したりしよった。

わたしは忘れもせんなぁ。雪のふる大晦日《おおみそか》。夜、糯米《もちごめ》くれるというじゃないですか。餅なんか食うたことないですけんな、わらじで雪のなかを走ったですたい。糯米をもろうて十一時も十二時もなっとるのに洗うてな、正月に餅ばつきましたたい。ああ、ボーナスなんかありゃせん。二十五方《かた》(一入坑を一方と称する)以上でたもんに、少し色がつくくれえじゃ。盆にそうめん二把もらったことがあったな。食うだけのくらしたい。

大正十四年じゃった。大正《たいしょう》炭坑におったが、大根土《おおねと》の右九片の天井ボタが落ちたとたい。そのころの納屋は、そぎ板ぶきだったたたい。ひどかざまじゃ。それで天井ボタが落ちたのといっしょに、「納屋をよくしてくれ、石の一函どりの賃金ばあげろ」というて争議になったとばい。近くの新手《あらて》炭坑からも争議の応援にきた。半ごろ（半分ごろつき）ばかしで、なんを応援しよっとかわからんようだけど、金がもらえるもんじゃけな。

いま、魚市場がありましょうが、あそこが材木置場じゃった。争議になって、男衆はみなそこに集まって泊りこんだとよ。おなごがべんとうをはこんだとばい。十日間ぐらいだれも坑内へさがらんじゃった。八幡の熔鉱炉の火を消した浅原健三が応援にきたということですたい。会社のもんの一番けむたい奴じゃったげな。そのころ筑豊のヤマはあっちでんこっちでん小さな争議がありよってな、どこの坑夫もくえんで困っとったと。十日間争議をして、白紙に帰して解散ということになったが、誰も炭坑をやめんならんものはおらんかったばい。けど納屋はもとのままじゃったねえ。みんな二円ずつもらった。

そのまえも、大正七年に争議があったげな。安全灯をかえさんで――安全灯は会社の物だから、坑内からあがったらかえさんならんけど、――みんなその灯を持って遠賀川土手に集まったそうですばい。わたしはそのときは大正炭坑におらんじゃったばってん、あのときは勤労課のもんが木刀もってうろうろしたが、うろつくばっかりでどうもこうもできじゃったげなたい。請願巡査？　ああ、ヤマにおったばってん、あれはなんにもしきりはせんですたい。

坑内はひどかとこですけんな。話をしたくらいじゃ、なんにもわかりはせんたい。どんなふうだったか、うすうすわからっしゃるくらいじゃろの。けど、あんた、話しにきなさい。忘れっしもとるばってん。話しよりゃ、おもいだす。

わたしがはじめておりた炭坑は、そりゃ、もう、じゃあじゃあ降りじゃった。坑道を雨のように地下水がおちつづけるとばい。カッパ着て帽子かぶって、まっくらな地面のなかを腰まで水につかってな。そんなとこじゃけ、暑くてたまらんということはなか。わたしは二十一。嫁いって主人と一緒にはいったとですばい。石がでるところまで坑道を掘るのがわたしたちの仕事だったと。わたしらのほかに、一人か二人おなじ仕事をする人がおるだけ。

そこはとても固くてな、一尺とるにもマイト。一寸すすむにもマイト。マイトばかしじゃ。上から泥を手拭いに包んでもっておりるでしょう。泥は坑内にはないから。

そして坑内で、ギチというて泥を短い棒のようにかためたものを作りますたい。いまはビニールいりで、作ったのがあるばって。それから岩盤《がんばん》にノミで穴くって、ギチを二十ばっかりつめてな。そしてマイトをかけるとばい。

今はドリルがあるけど、そのころはノミで穴をくるとじゃった。あの穴くりは、だれでもはしきらんよ。ノミの幅は狭いし、刃はうすいし。ノミを岩にあててツチで叩くとたい。こつん、とこまかい穴があくたいな。くりっとノミをもった左手を内側へ曲げるとですばい。また叩く、くりっと曲げる。また叩く、くりっ、くりっ、と曲げちゃ叩く。手にまめがいっぱいでけて……。苦労したねえ。それからマイトかけるとばい。マイトかけたらそこらへんがボタで小山がでける。それをスラに積みこんで地面の上にださにゃならん。スラは三尺から四尺四方ぐらいの箱で、底にかねが打ってあるたいね、滑りよかごと。

しょっちゅうポンプで地下水を汲みだすけど、故障してポンプがとまることがあるたい。みるみる水がいっぱいになるとばい。上から声がおりてきよったね。「おーい、あがれえ、故障だぞう」。そして函がおりてきよったから、急いでそれにのってあがるとですばい。

そこのヤマは、ふつうの切羽で働くと、一日一円から八十銭ぐらいだったけど、わたしら夫婦の仕事は日に三円にはなりよった。政府直轄のヤマでね。伊岐須《いぎす》炭坑といって規則のうるさいとこだった。けど、ほかのヤマのように圧制はなかったね。どこのヤマでも労務の役人がこん棒でなぐりよったばってん。「くちごたえするか、きさま！」とえらそうに。ちょっとでも返答するといかんじゃったな。けど伊岐須は規則さえ守っとけば、叩く、ける、ということはなかった。いまの勤労課のもんが、そこではシヘイさんじゃ。イッペイさんからニヘイ、サンペイ、シヘイさんまであってな。警察と同じ服を着て剣を吊って帽子をかぶっとるとばい。肩にイッペイ、ニヘイのしるしをつけとると。いまの八幡製鉄におさめる石を出すヤマだったとよ。

　そこの坑内は、そげなふうに雨のふるところじゃったから、カッパを着ていたけど、ほかのヤマはどこでも、男は腰に手拭いをくるっと巻いて家から飛び出しよったとばい。坑内じゃ放し飼いたい。暗かとこじゃから。おなごはマブベコ（坑内ベコ）にマブジバン（坑内着）たい。マブベコはうしろが一尺二寸、横が一尺の腰巻たい。並幅一尺二寸のきれに、その両側に並幅一尺のきれを縫いつけた、うしろだけがちっと長か腰巻たい。紐をつけとってな、着物のごと前でうちあわせて腰に巻くとたい。けど短いから、かがむとみえるたいね。しばらくしてからズロースがでけたの。ズロースといっても、まあサルマタたい。いまのパンティよりましな形じゃな。こんどは前むけにみえますたい。

そのうえに、絣《かすり》や縞《しま》のマブジバンを着るとよ。短い、腰までのハンテンのような筒袖のきもんたい。そして、そのうえに晒《さらし》を八尺きりきり巻いて横でむすぶと。横で結ぶというのは、ありゃ伊達《だて》たい。手拭いも坑内かぶりというて、後を片方だけはらりと垂らしとるとじゃ。前は額に深くかぶってとれんようにしとるけどな。あれもつやたい。男たちが、こげな唄をうたいよったよ。

　　おろし底から百斤籠にのうて
　　　つやで出てくるわしがサマ

けどな、坑内にはいって仕事するときは、たいがいマブベコいっちょ。あつうして、着ておれん。そんなにしてみんなといっしょに仕事をしよるときはいいけど、たった一人のこって仕事をしてみなっせ。ふかいふかい土の底ばい。だりっ、だりっ、だりだりっ、ぴちぴちっ、ぴちぴちっ、ぱらあっ、と、どっかがしょっちゅう荷（天井にかかる圧力）の音をさせよる。そこらじゅう、しいんとしとるからなぁ。スラに石を積んで坑内の函置場まではこびおろすじゃろ。函に石を移して、こんどは空《から》になったスラにたすきをかけて四つん這いになって切羽まであがらんならん。その重さね。濡れしとった木箱を引きずって梯子《はしご》をのぼるようなもんじゃけ、肩があかくなって皮が破れて紐がくいこんでな。這いのぼるじぶんの音ばっかりじゃ。水もどこやらでぴちんぴちんいうて。だあれもおりゃせん。さみしいとこたい。

■　■　■

あめいろに磨きのかかった半間四方の板張りに、そらまめのかわがむき散らしてありました。

「あんた、わたしの一生は小説よかもっと小説のごたるばい」

初老の婦人はそういってわらいました。そしてひとなめする目つきで私と、じぶんの家の家具とをみまわしたのです。新調の仏壇とガラスのひかった飾り棚や、テレビや電気釜が、せまいへやに目だちました。が、それらとはっきりした距離をおいて、おばあさんは坐っていました。じぶんにぴったりする物はどうせないのだからどんな異質なものもかまわないという風情で、手造りの巨大なダブルベッドが置いてあるのには驚嘆しました。二部屋しかない炭坑住宅の片方の四畳半は、そのベッドひとつでふさがっているのです。そんな家のなかで、初対面に開口一番坑内唄をうたって聞かせたおばあさんでした。その感覚的な話しぶりからおして、「小説よかもっと小説のごたる」おばあさんの過去は、古洞《ふるとう》の水がさわぎたつように伝えられるにちがいないと、私は待ちました。

「そうたいなあ、ありゃ何年ごろじゃったろか」

おばあさんが記憶をたどろうとしました。

そのとき、どさりと一抱えの菜を土間になげいれて、この家の主がかえってきました。あの巨大なベッドで寝たり起きたりの生活をたのしんでいるというおじいさんでした。今日は体も天気もぐあいがいいので近くの親戚をたずねてきたのだとのことでした。

おばあさんの口が、風のおちた洗濯物のように、ふいに、ととのい、そしてかわきました。講釈好きなおじいさんはそのよこで、極めて好意的で常識的な概念化をこころみようとしていきます。私はおばあさんの話が、「小説よかもっと」没個性的になったのが残念で、なんとか彼女の特異な時間へかえってもらいたいと水をむけました。けれども河床の石はかわらぬ高さに水をはねあげるばかりで、決して転げくだることをしません。おじいさんの留守中に話してくれた坑内の雨にうたれて働いたという新婚の相手は、このおじいさんではなかったことがかろうじて知れたくらいでした。それは話の飛躍に当惑している私に、おばあさんのいたずらっぽい片目の笑いがとどいたからでした。

岩乗なダブルベッドへたどりつくまでに、ヤマからヤマへと逃げた笹群が、このおばあさんにはありました。ちらちらと男たちの影を走らせていたおばあさんをそのうち二回たずねました。そのたびにおじいさんも、にこにことベッドからおりてきて、とうとう話を平均化させてしまいました。

これにこりて、聞きあるくのはおばあさんがひとりのときを原則とすることにしました。このことは後山《あとやま》をしていたおばあさんと社会との関係を語っているようでした。またおばあさん個人にとどまらず、村から流れてきて非人間的な坑内労働を渡りあるいた炭坑労働者たちの、世間的な位置が、そこにはりついているとも思われました。けれども、だからといってそのことが、後山たちを閉鎖的にしているわけではありません。またそれは後山たちの閉鎖性そのものだというわけでもないのです。私にとってはじめての炭坑町でしたが、私は炭坑住宅や近くの家々に老女のすがたがみえると入っていきました。そしてひとあし踏みこみますと、ははあと感じてしまうようになりました。こちらをみるおばあさんの視線は、暗黒の坑底でスラをひいていたかどうかをいっぺんに語ってしまいます。天幕をひきあけたようにふりむいて、そしてばいしと闖入者の目を受けとめる女は、まちがいなく後山の女でした。もしも、細長い穴のおくから息を吸いながらうかがっている目に会えば、農婦であったり小商人やサラリーマンの母であったりしました。

が、そのような後山も六、七十代の女で、四十代から五十代のはじめのひとになりますと、あいまいな表情になっていました。働いたことにたいする価値基準がはっきりしていないのか、あの攻撃的な明るさがゆらゆらとゆらいでいるのです。

女たちが坑内労働をした年月は、かなりながいものでした。炭坑での彼女たちの歴史を簡単にしるしておきたいとおもいます。

女たちの坑内労働の移りかわりと平行して炭坑は開発されていきました。

「木屋ノ瀬《こやのせ》という駅より飯塚《いいづか》まで七里半の道なり。この間、鶴多し。雁の如く幾群も飛び、田の面に下っているなり。多くは真奈鶴《まなづる》。……早速火鉢を出しけるに、それは石炭を入れ、……風呂を是にて立つる故、とかく臭し」。これは百八十年前、天明八年十月に画家の司馬江漢によって書かれた紀行文です。

それ以前も元禄十五年ごろ貝原益軒が「粕屋《かすや》の山にても掘れり、煙多く臭悪しと雖、燃えて火久しく、水風呂の釜に焚くに適し、民用に最も便なり」としるしています。

おそらく当時から女たちも掘っていましたのでしょう、次のような記録も残っています。

「嘉穂《かほ》郡稲築《いなつき》村三井《みつい》山野《やまの》炭鉱第一坑開鑿の際、三角形の石塊五、六寸許り地表に露出せるを発見し、試に土壌を掃うて其の石塊を検せしに、幅一尺一、二寸高さ二尺五、六寸の石碑にして、表面の上額に梵字を刻し、中央に『為供養』の三字を大書し、向って右に『享保十八天』左に『雪月日』と細書し、其の下に『杢平・左市・半七・徳平・摠七妻・三介妻』と連名し、左側に『施主古江摠平』と刻しありしかば、同炭鉱事務所にては、ともかくも一の記念として地表に掘出し、今尚保存せり。右につき同地父老の語る処によれば『石碑の施主古江摠平は代々大庄屋の家格ある永富某の祝先にして、右の外同人の名を以て、近郷の神社仏閣に碑石を建立寄進せしこと多ければ、此の碑も亦変死者供養のために建立せしものなるべし。而して其の位置在来の墓地にあらず、又寺院の遺蹟にもあらず、無数の採炭旧炭散在せる林藪中なりしに上りて察すれば、此の変死者の此の地に採炭中、天井磐の墜落に因り、一時に圧死せしものならんか』といへり」

幕末のころになりますと、炭鉱は筑前、筑後、豊前をとわず、それぞれの藩の統制下に置かれました。川舟船頭たちが石炭を「御用」と称したりしたのもその名残りと思われます。明治二年に鉱山開放の原則が公布されて、明治五年若松港に藩が設けていた焚石会所が廃止されて民営に移されました。

そのころは原始的な採炭にともなう危険と地下への恐怖から、坑夫になるものはすくなかったのです。家をあたえ、見張りをおいて拘束しました。地方で罪人のとがめを受けても、坑内の仕事に逃げこみますと、そのあいだは罪をみのがすようなところもありました。川筋下《げ》罪人《ざいにん》とみずからをよぶその言葉のはじまりはこんなところにもあったのかもしれません。

汽車は炭ひく、雪隠《せっちん》虫や尾ひく
川筋下罪人はスラをひく

こんな坑内唄があります。

明治から昭和初期まで、いや現在もはっきりと変化したとはいいきれない炭坑をめぐる雰囲気が、こうしてふかくなりました。民営といっても坑内はいぜんとして、人外の境でしたし、そこに働く者は恩恵であるかのようにきめられた納屋にとじこめられ、地下でも地上でもきびしい監視の目が注がれました。

地上の日常生活や後山の仕事がどんなものであったかは、おばあさんが語ってくれるでしょう。ここで簡単に納屋制度と炭坑労働のしくみにふれておきます。地上の生活はすっぽりと納屋制度の網の目にとらえられていましたから。

炭坑にきた坑夫のなかで、多少の才智と腕力で頭角をあらわしたものが、納屋頭《なやがしら》となって子方《こかた》坑夫をもちます。ひとつのヤマに数名または数十名の納屋頭がいて、それを会社が統轄します。ひとりの納屋頭に数名から数百名の子方坑夫がいます。子方坑夫は会社と直接的な関係はありません。納屋頭は棟領《とうりょう》ともよばれ、山口県では十人長《じゅうにんちょう》といわれました。棟領の名をかぶせてそれぞれの組を青木納屋とか石田納屋とかいいます。独身者は各組親の大納屋《おおなや》に合宿します。飯場《はんば》ともいわれました。妻帯者には棟領が小納屋をあてがいました。この組織に入らないとヤマで働くことはできなかったのです。

納屋頭の下には坑内の仕事をさしずする小頭《こがしら》、出勤を督励する人繰《ひとぐ》りがいました。会社の勤労課のものは役人とよばれ、かれらは一団となって坑夫らを監督し監視しました。これらの人は前科がないよりも、むしろあるほうが会社には都合がよかったのです。

ふつうは納屋頭も坑内にさがって子方とおなじ労働をしました。が、もっぱら檻場《かんば》という見張り所につめてリンチをふるうヤマもありました。そのはげしいところを「圧制山《あっせいやま》」と子方坑夫らはよびました。そして会社は請願巡査をおいて坑夫らの動向を監視させました。

坑夫らはふつう男を先山《さきやま》、女を後山《あとやま》、または後向《あとむき》とよびあいました。この呼び名は坑内労働の職種の転用です。先山後山らが住む納屋は五戸か六戸が一棟になっている藁ぶきで、一戸は四畳半か六畳の一間に、土間がついています。軒と軒がくっついて露地に日は射しません。窓は板戸のつき出し窓がひとつきり、入口には莚がさげてあります。壁は荒壁で畳のあるところが少ないのでした。

地底の無計画な乱掘のために、地盤が「陥落」して柱はかたむき屋根は波うちます。井戸の掘ってあるヤマは少なくて、後山らは湧き水汲みに苦労します。

ひとは夢のなか　わしゃ竈《くど》のまえ
　ほんに三時の汽笛にくや

納屋の夜明けは三時です。霧のふかい闇をかきまわして会社の汽笛が鳴ります。後山たちはそのまえから起きて、米をかしぎます。小ヤマでは出入坑の時間がきめられていないところもありました。ふつう二交代で、朝と夕方の四時入坑が多いようです。

一日の稼ぎを見はからって各自があがります。独り者は飲み代だけ働き、子どもの多い坑夫はいつまでも掘りました。大正初期まで一般に夫婦でひとつの切羽《きりは》を請けて掘りました。採炭、掘進、枠作りからいっさい一組の男女がしました。男が切羽で掘った石炭を女がエブという竹編みの容器ですくい、スラに移します。石炭でいっぱいのスラを、傾斜した坑道を引いたり押したりして曲片《かねがた》まで運びます。蟻の巣のような地底で本坑道までのながい道のりを運搬しますが、切羽が本坑道よりも高いところにあって、坑道がのぼりになったのを片《かた》といいました。切羽が低くてくだりになったのを卸《おろ》しといい、片はスラをつかい、卸しはセナを使って運んだところが多いようです。セナとは短い天秤棒の両側に籠をつけ、一尺ほどの支木《しもく》という杖をついて背を丸めて運ぶ、その背負い籠の名です。テボといわれる丸い筒型の竹編み籠を背にして運搬するヤマもありました。

主として運搬の仕事に従うものを後山と呼ぶのです。女たちはこの仕事を中心としました。曲片《かねがた》で函《はこ》(炭車)に石炭を移し捲立《まきたて》[巻揚機のあるところ。ここで炭車を連結させて巻揚機で地上へ運び出す]までの長い坑道を押して行きます。小ヤマはそのまま坑外まで運びだし、蒸気捲を利用しているヤマは捲立から地上までは機械が利用されました。函を数台つないで一気に坑外へ捲きあげます。

娘やるなよ　坑夫の妻に
　ボタがどんとくりゃ若後家女

そして、勘定は一日の稼ぎから、納屋頭が一定額の歩合いを抜いて坑夫の手に渡します。現金はめったにありません。それぞれのヤマが発行する金券でした。もと斤《きん》券と書いたようですが炭券ともよばれました。子方坑夫になるときに借りている肩入金(仕度金)を引かれ家賃をとられ、マイトの自弁につるはしの焼き賃、カンテラの油代……というぐあいで手もとに渡るか渡らぬかの賃金でした。

米はあがるし切賃はさがる
　五銭バットも吸いかねる
たばこどころか今日このごろは
　くさい三等米も食いかねる

といった生活でした。一日の賃金は地上まで運びだした石炭函一函いくら、で計算されます。鉱山によって一定していませんし、請負の場合や時間給の場合もあります。支払いも鉱山によって、毎日あるところや、三日おき、一週間おき、或いは月二度といったふうで一定していません。坑夫らは自分の気質や家族構成にいくらかでもつごうのいい支払いと坑内労働様式のヤマを探して渡り歩いていました。

明治末の三池炭坑の一日の平均賃金は、坑内夫が五、六銭です。大正五、六年で筑豊はだいたい一日三十銭から四十銭。十二時間から十六時間かかってこの日給を得ます。大正末から昭和五、六年にかけて最もくるしい生活でした。切り賃はさがる。不景気はつづく。坑内労働は次第に機械化される。坑夫はつごうのいい坑内から追われ、あっちのヤマこっちのヤマとうろうろする。遠賀川の土手はこうした坑夫家族が、ひとつつみの荷物を持って、あてもなく行き交うメイン・ストリートでした。

流浪する母系

昔のヤマ人
先山が突然休んだ時 后山が女ながらも キリダシ一人作業をする
男婦もおった。フスマの間風もいとう 抹なお姫さまにはできない
いわゆる男まさりのお転婆でないとできぬ芸当である。
注 昔は二人組をヒトサキ《サキ》ナシ。と称し三人組は三人モヤイ。と言い
すべて一人作業はキリダシと言う。キリダシはサキ山、アト山二役をヒトサキの半分ですむから女でもできるわけ。（中小ヤマに限る）
クミヤんはヤ 男ははね とばされる
のるに乗られぬ 火の車

どうして炭坑に来たかといいますとの、おじいさんが佐賀の鍋島さんのさむらいでしたたい。維新でさむらいがでけんごとなって、百姓はしきらん、あきないは次々に駄目になりますたい。おじいさんは学者じゃったけ、長男はみっちり勉強させないかんいうて、それは厳しい人でしたげなけん、ぴちっと坐って朝晩長男に教えますたい。あきないのことと学問をやかましういわれることとで、長男が気が変になりましたげな。ぽーっとなってしまって妙なことばかり口走りますげな。そして店に出てきては、客に難癖つけたり変なことをいうたりしますもん、人が寄りつかんごとなって、とうとうあきないもすっかりつまらんごとなりましたげな。

おじいさんとおばあさんとは二十も歳がちごうとりました。おじいさんが六十で死んだとき、おばあさんは四十でしたげな。長男も死んでしもうて、四人の子どもと、さてどうして生きていこうかということになりましての。肥前のこまい炭坑に行きましたとですたい。叔母さんが七つ、叔父さんが九つ、上の叔母さんが十一そしておっかさんが十六のときに。おばあさんが連れていったとですたい。七つの叔母さんも坑内にさがりましたそうですばい。そのころは家族で切羽を受けて掘りましたから、こまい子どももみな入っとりましたそうですばい。

おっかさんの話では、そのころはまだカンテラもなくてな、灯あかし皿いうもんを使いましたげな。お皿に種子油をいれて灯芯をひたしますじゃろ。そして紐で輪をこさえて皿をしばってな、その紐のはしをさげるごとこしらえますたい。そこに箸をしばりつけてな、箸を口にくわえますとたい。紐を直接くわえるとぶらぶら動きますけんの。そうやって火を灯して、狭くてでこぼこの坑道を這いまわっとったのですたいな。立って首をのばすことはでけんくらい低いくらい道がつづいとるとですけん、始終かがんどりますすたい。

炭坑で知りあって、おとうさんとおっかさんとは一緒になったとですたい。おとうさんは足がちんばでしたたい。バクチ打ちで、喧嘩太郎で、ちょっといや、ごろつきのげな人でした。そげなふうですけん、おっかさんもわたしら子どももほんに苦労しました。

おとうさんがバクチ打ちますけん、叔父さんも十四からバクチならって打ちよりましたたい。あるとき叔父さんの借りた金とか、バクチでずるをして取られた金とかなんとかいいよりましたが、その金をおとうさんが取り返してやるというてですの、おとうさんが出ていこうとしよる。そのとき、

「おい松尾、素手で行ったら危なかばい。むこうも持ってきとる、持って行かんの。これば貸してやる」

いうて誰か刀ば貸してじゃったげな。やっぱりむこうも持ってきとった。おとうさんは二十六でした。

切りおうてですの、おとうさんが勝ったですたい。そして半年間、未決で入っとりました。おとうさんのほうに、その時の分があったげなで、四年に決まりました。そして四年間かまって出てきましたたい。

おとうさんがつかまったのが、わたしが二つのときじゃった。わたしは八月児《やつきご》で、二つまで歩ききらず寝とりました。おとうさんが出てきたときは六つになっとる。けれども、おとうさんとは知らじゃった。なんちゅうこともなかったですたい。

出てきたあげくに、またバクチ打ってそうつきあるく。おっかさんもおとうさんと

いっしょにどこかへ行ってしまう。

わたしたちは、おばあさんと叔母さんと一緒におったですたい。赤坂《あかさか》というちいさい炭坑でした。それまでも、おっかさんたちは、あっちこっち行っちゃ、わたしたちのおるところと行ったり来たりしよった。けど、そのときはあんまり永いこと来んですけんの。柚木原《えのきばる》に来とるという話をおばあさんが聞いてきたですけん、行ってみることになったとですたい。

おばあさんとわたしと二人して行きましたたい。おばあさんもたいがいの歳になっとりました。わたしは六つでしたけど、おばあさんほどあゆみきらん。負ぶわれたり手を引かれたり休んだりしてですの。ずうっと歩いていったですたい。やっと柚木原の納屋についたら、

「ああ、たったいまここを発っていったばい」

といいなさる。

泣こうごとござしたな。裏街道をあっちへ行ったといいなさるから、そっちのほうへ急ぎました。けど年寄りと子どもですけんの、若いもんの足にはなかなか追いつかんですたい。

途中でちいさいうどん屋がござした。あそこへ寄ってきいてみよう、いうて店へ入りました。

「ああ、たったいまうどんを食べてむこうさへ行かした」

という。たったいま、いうてもわたしの足にはどうもならん。厳木《きうらぎ》の駅の手前に川がありますたい。その橋を渡ろうとしよるときガーッと汽車がとおりましたたい。おもわずわたしは泣きだしました。わんわんわたしが泣きますけんのう、おばあさんもわかっとりますからなだめようがなかですたい。ちがわん、あの汽車にのって、またどっかへ行ったとです。うごかんわたしを、

「行ってみろう、駅まで行ってみろう、まだおるかも知れん、あれじゃなかかも知れん」

いうておばあさんがなだめすかして駅まで歩きましたたい。おりまっせんじゃった。泣いて、かえりはわたしが歩かんですたい。おばあさんも負いきらんようになっとりましたとでしょうの、わたしに、

「おくりぐるまに乗せようかの」

いうて、二銭がと自動車にのったですたい。

あのころは、炭坑の便所の戸はむしろじゃった。納屋は片壁での、まんなかにいろりが切ってあって、自在鉤《じざいかぎ》にさげた鍋がまっくろじゃった。

ようようおとうさんたちが帰ってきましたたい。それで炭坑から出ようというてですの、わたしたちはみんなで佐世保《させぼ》に行きました。そして土方したりしよりましたけど、またおとうさんがときどきおらんようになりますたい。

あるときはおとうさんが仁義きらんやったというて、ポカリとやられて帰ってきて傷がなおるまで寝ましたですばい。

それからしばらくしておとうさんの兄さんが、娘を身売りさせたいというたので、その娘の世話をしてやるというてですの、どこかへ連れていったなり、かえってこん。わたしとあねさんとおっかさんと三人おかれてどうもこうもならん。炭坑なら金借りるところもありますばってん、佐世保じゃそれもできませんたい。おっかさんもたいがいつらくて恥ずかしかったのでしょうの、子どものわたしに、

「隣りへいって、おとうさんが帰ってきたらかえしますけんというて、お米を借りてきんしゃい」

と使いをさせましたたい。一升借りてきました。そのときわたしは七つでしたの。

近所の人がみかねてですの、こんな仕事があるいうて教えにきてくれましたたい。川原に小石がありましょうが、あの砂利ひろいの仕事でした。おっかさんがその仕事にでてようよう食べよりましたたい。そうしているうちにおとうさんが、ある人に一円五十銭持たせてよこしました。

おっかさんがこっそりその人をつけていってですの、おとうさんがおるところを知ったとですたい。宿屋でした。急いでおっかさんはかえってきて、わたしとあねさんをつれてその宿屋へ入りこみましたたい。

「ここで親子三人食べさせてもらいます」

おっかさんがいいました。そりゃ困る。困るいうても動かん。というた末、やっとおとうさんもいっしょにかえりましたたい。

そして、ある晩、おとうさんの背中がばさっとかみそりで切られたとですばい。わたしが大きくなっても、これくらい長い傷が残っとりましたばい。そのあげくに、また炭坑へまいもどったとです。

柚木原炭坑にまたいって、そのときにの、学校に入りました。学校というても炭鉱のなかにあるちいさい寺子屋ですたいな。畳がしいてあって、はじめは納屋のひとつだったことござす。のちには一軒建ちになりました。先生がひとり、生徒が一年生からみんな一緒。本を自分でずらずら読んでいきますたい。みんな読めるようになったら、また次のを買いますたい。それで一年のうちになんべんでも買う人もいるし、いつまでたっても同じ本のもんもいる。わたしは三年の本まで読んだが、三年まではいっとらんです。炭坑が止んだけん学校もしまえました。

算術もなろうた。暗算ばかりじゃった。そろばんもすこしあることはありましたけど。たいがい先生が、

「なんぼとなんぼとなんぼは、なんぼか」

という。わたしは上手でしたたい。級長さんでした。あねさんも一緒に来とったがあねさんよりうまかった。やっぱり誰にでもちいさいときのことをいばりたい気持のござんすけんな、ついこの近所にあのころ一緒に学校に行っていた人のありますけん、その人にな、あんたちいさいときのこと覚えとろう、学校のこと覚えとるな、というてききましたたい。おぼえとらんといいますたい。はははは、その人のあねさんならおぼえとるか知れませんばってん、あねさんがちっと頭が弱いもんですけん、その人も駄目でしょうな。

うちのあねさんは十三、四になっとりました。それで学校に来たり坑内にさがったりしよりましたばい。わたしも十一、二の歳にあねさんのスラのあとおしにいったことがありますよ。あねさんが、さむしいけん、来てくれんの、といいますたい。わたしはわたしで、いいところでもないとに、いきとうていきとうて。

朝早うから起きてですの、わたしもいくばいいうてきかんとですたい。おっかさんが来たらいかんいうけどの、いきましたですたい。あねさんが空のスラにわたしをいれてですの、あとからどんどん押してくれますたい。そして仕事場について石炭をいっぱいいれたら引きますけん、わたしが押しよりました。

大荷いうて、天井が一面に落盤するのですばってん、その大荷の音が、パラパラ、パラパラ、ミシッとします。ああ大荷が来よると、おっかさんがいいなさった。わたしは、恐しいなあ、と思いました。二、三日いったきりでした。どうしてもおっかさんがいかんといわっしゃったですけん。

そのちいさい炭坑が止みましたけん、学校もないようになった。それで、わたしを本学校にいかせるいうてですの、手続きをすることになりましたたい。わたしらは、普通なみの学校を、本学校といいよりました。恥を申さな話の理がとおりませんけんの、申しますたいな。わたしはそのとき戸籍がございませんでした。おとうさんがあんな人ですけん、戸籍なんかいるかというてわたしが生まれても、いれてもくれん。もう十代になったとじゃけん、戸籍にいれな学校にいくためにもいるとじゃから、とおっかさんがいうて、ところ（郷里）に戸籍手続きをしてもらうごと頼みましたたい。

ところが、ところのおばあさんが、娘を戸籍にいれておとうさんが身売りさせるとにちがわん、いうてどうしてもしてくれませんたい。

「そげなことしておとうさんに勝手させるばかりじゃ」

いうてですの。それでとうとう本学校にはいれずじまいでした。

あねさんも同じことです。あの炭坑は坑口から納屋までの道中が遠いですたい。冬の雨がふる日でしたの、あねさんがかえってきて泣いたことがあります。道中がつめたい、いうて泣きよる。おっかさんが、

「大きくなって冷たいいうて泣いたりして、ばかじゃな」

いうていた。わたしは、子ども心につめたかろうと思いました。おばあさんがもう年寄りでしたけん、わたしはおばあさんとうちにいましたたい。子どもの遊びというても思い出すもんもないですなあ。ただ、ベースボールしよりました。ばってん、す

っかり仕方を忘れっしもうてですの、野球がいっこうに分らんのが不思議ですたい。ワン・ツー・スリーいうてしよりましたばい。

　そのころ、きゅうがまわってきよった。みんな、「きゅう、きゅう」といいよりましたけん、その男の名前でしょうの。目が見えんひとでした。杖ついて、へたくそなしわがれ声のへんな節まわしで、

「かごで、いく、のは、おかるじゃ、ない、か」

と唄います。肥前の炭坑におるときも来よったが、豊前に行ったときも、このあたりにも来ましたたい。どこでも炭坑をひとりで廻っていましたのう。肥前じゃ一返ということを「いっぴゃあ」といいますたい。子どもたちは、「きゅう、炭舎ばいっぴゃあ廻ってこい」いうてからかいよったですの。すると上手に杖ついて廻ってきますと。どこもずっと藪ばかりでそのなかに納屋がござしたなあ。子どもたちは、そげなふうに親のおらんところで、めんめんかってに遊びよりました。

　おっかさんたちは、坑内で石炭はこびに使うスラが、竹スラから木のスラにかわってとっても使いよいとよろこびよりました。わたしが十四になって入ったときはもう木のスラばかりじゃった。竹スラは、ショウケのごと編んであるとの底に木をうっつ

けて、それに鋼がつけてありましたげな。滑りよかごと。ちいさい炭坑は大八車というて、馬車で使うごたる車を、坑内で人間が引きよりましたばい。大きな車に竹で編んだ箱わくがついとっての。子どもの時分は、大八車に石炭を積みこんで坑外まで引いてでてきよるのをよう見よりましたばい。

わたしたち家族は柚木原炭坑がやまってからしばらくところへかえっとりました。けど、おとうさんがところでバクチうって、またつかまりました。ばってん、寒い時分じゃけ、いやがって逃げましたたい。逃げて田川《たがわ》へ来た。

そこでわたしは坑内仕事をするごとなりました。わたしが十四、あねさんが十六じゃった。あねさんはそこであにさんと仲良くなってヤマを逃げたんですたい。あげん好き合うとるとじゃけ、いっしょにさしてやろうというて、探しにいってですの、ふたり一緒にしましたたい。

あねさんは十七で子を産みました。わたしら二人きょうだいでした。あねさんは苦労しましたたい。あにさんが仕事することがきらいでですの、子どもは多いし。あねさんは炭坑を出て小あきないしてみんなを食べさせよった。あにさんはぶらぶら遊びよりましたな。バクチもせんことはないですけど、好きいうとじゃなし、ただなんもせんで遊びよるとですたい。

おとうさんは、本当に弁の立つ人でしたたい。人といいあっていると水を流すごと相手をいい負かしますたい。すると相手が口でかなわんもんやき手を出そうとしますたい。おとうさんは足が不自由なもんじゃけ、やられる前に動かにゃならんといつも思うとる。ですぐ喧嘩になりますたい。喧嘩がありよるというとおっかさんが飛んで行きます。そして、

「やっぱりうちのおとうさんや」

というて悔やみよったですの。おっかさんは、はじめは喧嘩をみてがたがたふるいよったげなですが、のちにゃ切れもん(刃物)の中さへ入っていって止めよったですたい。喧嘩がありよると、その傍にぴたっと坐って、黙ってじいっとみつめとる。人がいいよりましたたい、喧嘩したっちゃおとうさんはおそろしうないが、おっかさんがおそろしか、あげん黙ってじいっと見られよると身がすくんできて気持ちのわるか、いうて。

おとうさんが大納屋しよるときは、おっかさんが賃金計算でも帳簿でもしよりました。おとうさんはそんなことしきらんですけん。わたしたち子どもは、どっち味方す

るということもなかったですの。よく夫婦喧嘩しよったが、そのときそのときの理屈でですの、よかと思うほうに味方しよった。ただおとうさんがそんな人じゃけおっかさんが苦労でしたたい。

おっかさんの娘のときは火あかし皿を使いましたげなですけど、わたしのときはカンテラでした。石油に種子油をまぜてな。しばらくしてからカーバイトガス。でもあれはランプが高いけん、なかなか買えん。道具はみな自分持ちですけん、我慢しとったですたい。安うなるまで。安全灯は暗かったですばい。鋼の台がついとりましょうが。それで下が見えん。夏はあゆんでいくのに、なかなか目が馴れんですたい。外がぴかぴかしとりましょうが。おまけに安全灯の柄は鋼ですけんな、ほら、こんなに出っ歯になってがたがたになってしもうた。安全灯の柄をガシと歯で噛んで仕事したもんじゃけの。安全灯は重さが一貫ちかくありましたけん。傾斜がこんなにけわしい坑道ですけん、どうしても歯に力が入るですたい。ほかの人たちは、安全灯の柄に藁をしばって、その藁を、口にくわえよったけどな、わたしはどうしたものか、藁をくわえると「ゲー」と、吐きそうになるとですばい。

そのころの高松《たかまつ》二坑は三好《みよし》坑といいよりましたけど、わたしらは「いま高島《たかしま》」といいよってな、ひどい圧制山《あっせいやま》でした。ほら、高島《たかしま》暴動がござりましたでっしょう、長崎県のヤマですたい。明治の頃になんべんでも暴動のあった炭坑ですばい。なしてそんな「いま高島」に行ったかといいますとな、西新《にしじん》の福岡炭坑で中納屋しとりましたときにの、事件がございましてな。中鶴《なかづる》炭坑のなんという人じゃったかな、もうぼんやりして名前は忘れてしもうたな、その人が坑夫を引きつれて福岡炭坑にしかけてくるとかいうことになってですな、坑夫はみな鶴嘴《つるはし》もって待っとる。とうとう炭坑と炭坑の喧嘩にひろがっていったとですたい。その時おとうさんが、おれがひとりでさばく、といってね、

「おれひとりが出ていきゃむこうは大勢でしかけてきてもまさか殺すほど気は立たんじゃろう。まあおれにまかせ、さばいてみせる」

といって事件を収めたとです。そのとき中鶴から来たなんとかいう人が、おとうさんにほれて、ほんに世話をかけた、ここの炭坑をやめる時はわしのところにきなさい、といいなさったとですたい。

西新の福岡炭坑はガス気《け》がありました。ひどいガスじゃないですけどな、ガス気がある。わたしのおいさん(叔父さん)が焼けました。その非常(事故)のあったときはで

すな、おいさんとおいさんの妹とわたしと坑内にさがっとりました。わたしたちは着物きて、おいさんは服きて首に手拭い巻いとりました。

曲片《かねかた》からわずかな所でした。おいさんがカンテラを上へあげたら、バーッ！といって火が出た。音がしたですな、大きな坑内爆発の音ですたい。マッチをシュッとつけるでしょ、赤いような青いような火が出ましょうが、あのような火が出ますね。ガスは、はじめは下のほうは火は燃えません。ああ、これがガス気というもんじゃな。と息をのんだですたい。まるく火となりますな。と思ったらパーッと四方へひろがる。下のほうは燃えとらん。おいさんはすぐ這うてでした。服に火がいっぱいついていました。首に巻いとった手拭いにも火がついている。おいさんは這うて出ようとしござった。顔いっぱい焼けてですの。

火のついたところは坑内の狭い範囲です。ガスの量が少ないからでしょう。けれどもあっちこっちで火が出る。おそろしうなったですたい。みんなで、

「こんなにガス気のあるところは危くていかん。どうするか、もとの早良《さわら》郡へ行くか」

「いやあそこはいかん」

「それじゃどうする」

いうてですの。おとうさんは納屋頭をしとりますから自分は仕事はせんです。けれどほかの者がおそろしいというでしょう、それで暇とることに決めたとです。暇とってどこへ行くか。中納屋が暇とると坑夫がいっぱいでしょうが、百人ほどいましたけん。納屋頭が暇とれば坑夫も暇とらねばならんということはなかですけど、やっぱり同じ納屋頭のとこで働いたがいいと思うようになっとりますたい。それに、そんなガス気のところに居とうないですからな。それであの事件の時の人をおもいだしての、中鶴炭坑へ行ったとです。ところがどっこい、中鶴がようなかったですたい。ようなかといって遊んどっても百人からの坑夫を食べささなんでしょうが。それで、「いま高島」へ行ったとです。

「いま高島」といいますけど、わたしらの行ったときは、少しはようなっとりました。わたしたちは納屋を四軒ほがした所に入りました。壁をくりぬいとる長いへやです。そこの炭坑に行ったところが、水がないといいますでしょうが、おとうさんは行ってすぐ井戸を掘ってじゃった。

その「いま高島」の三好坑はようなったとはいってもですな、坑夫が暇とっても、なかなかよそへ出さん。なんとかかんとかいって働かして、雨風の激しい日に、急にさあ出て行けといって追い出しよったとですよ。

納屋頭をしていると女はたいへんでしたな。独りもんの坑夫に食べささなならん。冬は冷たいのに平釜で何升となくなんべんでも炊かんならん、しょっちゅう炊いとるとですばい。それに坑夫が逃げますけん。借銭のある者がわたしらに借銭を負いかぶせて逃げますけん。わたしがたに借銭がかさみます。泣きよりましたたい。

「こげん借銭かむってどうするな。倒れるが」

いうてですな。四軒つづけて空いとったというたその納屋も、わたしがたの前の人が借銭で倒れたあとでしたたい。たいがいの納屋頭が倒れましたな。

その三好坑に行って間もなくですばい。おとうさんがまたつかまってですな。警官ちゅうのもいろいろな人がござしてな、まえに肥前の、ところにいたときバクチのことで逃げたことがございまっしゃろ。その逃げた時のおとうさんをつかまえようと思っていた警官はですな、自分がつかまえようと思っとったのに、べつの人につかまってにげたとですけん。腹立ててですね。自分につかませんじゃったとおこってですの、三好坑に行って一カ月もせんのにおとうさんつかまえに来たとですばい。なんとも知れんことで引っぱって行ったとですばい。二カ月もかまっとりました。どんな警官でもおりますな。つかまえりゃ給料があがるそうですけん。なんでかまったのかわたしらには考えようがなかとですばい。ふろうざいとかいいますげなたいね、自分で働かずにうろうろ遊んどる、いうわけだそうですばい。おとうさんは顔がきけていましたけんの、ちょいとしたもんならほっとりますけど、なんとかひっかけりゃひっかからんことはない、それで連れて行きましたとばい。

おとうさんはバクチも打つが、喧嘩太郎です。バクチ打つだけじゃ顔はきけんです。三好坑では大納屋しよりましたけん、おおぜいの若かもんをさばかないかん。そこでも事件があったですたい。なんというひとじゃったか、村田さんとかなんとかいいよった、そのひとが坑夫ひきつれてですの。あばれましたと。その時も、

「ようけ行ったら血の降る喧嘩になる。おれひとりでいってくる、まかしない」

いうてひとりでいきなさった。そして事件をおさめたあと、そのことで事務の係になったですたい。けれど学問がないですけん、机にむかっとるのはすかんですたい。読むのはどうやら読んでも書くのがいかん。それで止めましたたい。止めんならよかったですけどの。

わたしの息子がおとうさんにそっくりですたい。ほんに気性がそっくりですの。息子は学校はようでけました。いま炭坑の労働組合にでとります。八時間労働じゃ何じゃいうてですの、じぶんでやらにゃ気がすまんふうですたい。気性がほんにそっくりですの。

あんた、坑内の仕事は気狂いですばい。競争ですたい。三好炭坑では「押し出し番」とか「積み上げ番」とかいうのがあってな。スラで運んだ石炭を函へ積みこみましょう。一番に積みこんだ者が「積み上げ番！」とおらびます〔大声でいう〕たい。

一番早かったもんが一番先につぎの空函をもらうとですたい。函は十台なら十台しかないですけん、早く空函をもらいださにゃつぎの函がまわってくるまで一時間半も二時間も待っとらにゃならん。待ち時間がなごうなってぐずぐずしていると、一日に一函も二函も切り賃がちがってきますけんの。

積みあげた石炭を捲立まで運ぶのがまた喧嘩腰ですたい。函はレールのうえを押していきます。レールは一本しかない狭い坑道です。むこうから空函のこんうちに捲立まで押しとおしていかにゃ押し返されますたい。空《から》にしろ実《み》にしろ人数の多いほうが勝ちますの。空函なら空函、実函なら実函がつらなってきますから。

三百間ばかしあるところを押しますとたい。わたしが空函もって帰りよるとき、もう少しで仕事先へいけるのですたい、そのときわいわい押し出してきよる。わたしはその場に坐りこんだですたい。

「ああもう勝手にしなさい。せっかくここまで持ってきたけん、わたしゃ動かんばい」

「動かんなら殺すぞ」

「殺すなら殺せ」

人数の多いほうが勝ちますたい。かのうてもかなわんでも「おお殺せ！」とどなりおうて働きよる。そして捲立まで実函を押していったら、一番先に着いたもんが「押し出し番！」といいますたい。押し出し番、積み上げ番で次の空函をもらうとですけんのう。競争競争。ちっとでもぐずついとるもんは炭坑はだめですばい。

わたしはその三好坑で、おやじ(夫)を養子にきてもらいました。けど、わたしのおやじは百姓あがりで、どうしても炭坑になれきらん。のそんくじ二つ(一週間に二日休む)ですたい。男はしんぼうせん。おなごは若い人は若い人で、たとえば函押しの仕事もしきらんと、

「あの人函押ししきらんやった」

といわれるのが恥ずかしいけん働きます。年いけば年いったもんで家のことを考えて働きますたい。男はそげなことはなんも考えん、じぶんのしたいようにしかしません。

おやじは養子にきたのですけどの、こんなことがありましたたい。わたしがたは納屋頭をしとりましょうが、ちょいちょい坑夫が逃げるとですたい。いっぺんに四軒が逃げた時でございましたな。ある人がですの、

「今夜坑夫が逃げるけん気をつけとれよ」

といいに来ましたたい。おやじは知らんふうにきき流しとる。しばらくして「電気が消えたぞ」とまたいいに来た。おやじは「なんの電気をけしたりして逃げようか」と返事しよる。逃げよるとわかっとるとですばい。そんなことというとる間にみんな逃げてしまった。なんの、おやじはじぶんが高島炭坑から逃げてきとったとです、坑夫の気持がわかっとるもんで知らん顔しとったとですよ。まあよかじゃなかかという気持じゃったとでしょうの。それがわたしにもわかっとりましたけんおかしい気持でした。

逃げるのは、まわりがずっと藪ですから、そのなかへとろとろと駈けおりればわかりゃせんですたい。納屋は山の一番高い所にありましたからの。その四軒の者はめんめんが勝手な方向に走って逃げたらしいですたい。あとで聞いた話では、どこか落合う場所をきめとったらしかですけど、恐ろしさや何かからうまく逢いださんで、こんどは八人がちがった夫婦になったそうですたい。

うちのおやじは広島県の者ですけどな、百姓しよるときに火事にあって家やら米やら焼けてしもうたそうです。それで奉公にでましたげな。ところが奉公先で気まずいことがあってどうしようかとおもっていたときに、いい働き口があるからということでだまされて長崎県の高島にいったとですばい。四十年ばっかり昔です。高島炭坑のひどいことはそれはもう話にならんごとあったそうです。おやじは四人で逃げてきた。警官がひとりまじっていたんですばい。高島じゃ警官も自由にならなかったそうですからの。島じゅうで坑夫が逃げんごとみはっとる。やっと舟をたくわえて逃げたそうです。高島の後向《あとむき》はスラでなくて、セナ(背負籠)じゃったもんで、おやじは先山はへたでしたい。後向ばかりしていたとでしょう。三好へ来たときに「高島ではおまえたいがい泣いたろうな」といわれよった。だまっとりましたから高島では泣かされたとでしょう。

炭坑で働いて一番嬉しかったとは、西新炭坑へいったときです。あそこは男が一円ならおなごも一円ですばい。おなじ仕事をしますとじゃけ。そして、ほんなことおなごのほうがよう仕事します。函押しですか、あんた、おなごはケツの力が強いですけ。坑内ではどうしても函が動かんなら背中で押しますと。天井に両手をかけてですの。カンテラを歯で噛んで。天井は低いですけ、岩盤につっぱってケツの力で押してじりっじりっとやりますたい。手で押していきよるときには函と天井がすれすれで手をつめる所もありますけん。函をほがしとりました。手をかけるところだけ。のちには函が鋼になりましたけんな、困ってしもうて函にかぎ型の鋼をぶらさげてそこを持って押したですばい。

いちばん先になって函押していくのはたいへんですたい。ボタが落ちとる。石炭が落ちとる。そんなものをのけながら押しよると、一本剣(トロッコの線路を足で蹴ってきりかえるポイント)のところでレールがずれとるのを見そこなって函がどまぐれる(レールの上に脱線する)。函がどまぐれると起すのがおおごとですと。けどだれも加勢せん。すぐそばで仕事しよってもみんな知らん顔して一所懸命じぶんの仕事をしよりますたい。そんなふうに函押しの一番先はおおごとですけど、押し出し番がありますけんな。会社は、わたしたちがどんなふうにしてやりよるか知らんですたい。もちっとどうかしてくれといいにいこうにも暇が惜しいですたい。その日が食べられんごとなりますけん。炭坑によっては分け番のとこもありますたい。ひとりひとりに函を分けますと。そんな炭坑じゃ一番に実函をだす人がないごとなりますたい。人の通ったすぐあとは、すーといけますけんの。

積み上げ番でどうしてもわたしの勝てん人がおりましたたい。どうして早いのかとおもって気をつけてみていると、二人の後向さんが四つのスラを持っとります。それでほかの人がスラに積みよる暇に先に積みこんで並べとったスラを運びだしよりますと。そんなふうにめんめん工夫しよりましたな。函がとれんと、どんなに石炭を掘っていても賃金にはならんとですたい。一函いくらで計算しますから。それで「走り番」というのもあってな。

あれは姪浜《めいのはま》じゃったかな。坑口が四時にあきますから、傾斜ででこぼことる坑道をどんどん走っていって、走り番で函をもらいますと。この走り番は若い男衆には勝てんですの。先山は三時に入ってもう掘っとります。それを後山が運ぶとですたい。

切羽のよかところは、腕しだいで九函も十函もだしますばい。

函待ちしとる時がながいですから、そのときに弁当をたべたりして遊びます。実函のなかにじぶんの名札をいれて石炭をうえに送りだします。そうすると、石炭を掘りかえして名札をすりかえる人がいますたいな。けどそげなのはすぐ分ります。ほんとうに坑内の仕事はぼうとしとってはでけん。炭坑のもんは気が荒いですけん口でぼんぼん荒ういいますたい。「殺すぞ!」いうて仕事しよる。そして上へあがったら殺すぞというた相手と仲よう遊んどる。ははははは、若い娘が日本髪ゆうてですの、そげなふうに仕事しましたたい。

ほんに馬鹿げた手拭いかぶりしとったとおもいますけどな、髪がよごれるのに、鬢も前髪も出しとるとですばい。上だけちょこんとタオルをかむります。しゃれとったのです。汚れるのに、ほんにのうといまは思いますたい。炭坑うちに髪結いさんがいましたばい。いくらでも。休みのときにいきよった。ずっと昔はめんめんゆいあったり、炭坑の者で器用な人が髪結いさんしたりしよったのでしょうけど、わたしらのときは髪結いさんは炭坑のもんじゃなかったですばい。日本髪はだいぶん長うまでゆうとりましたばい。戦争はじまるまえまで日本髪をゆったごとありますばい。

おっかさんのころは坑内唄いうてうたいよりましたげな。けれどわたしたちのころは、そのときそのときの流行り唄をうたいました。坑内はゆっくり唄どもうとうとる暇ないですたい。こまい炭坑やらは時間も決まっとらんし、ひとつの切羽を家族でもらって、仕事をしたいしこしますから、そんなとき男衆やらが唄うとうて函押ししよったとを見たくらいですの。

おろし底から吹いてくる風は
　サマちゃん恋しと吹いてくる

七つ八つからカンテラ提げて
　坑内さがるも親のばつ

坑内であまり唄どもうたいよるとどなられますたい。荷のくる音がしじゅうしよりますけん。その音のあんばいを気づこうて。唄うたうと聞こえんごとなりますから。坑外の選炭場じゃうたいながら仕事しよりましたたい。おなごたちが。わたしはそこで働いたことないですけん、人のうたいよるとば聞きよりました。

あー　高い桟橋に手をついて
勘量さん勘量さんとよぶこえは
さてもやさしいサマのこえ
人目なけらにゃとんでいく
　サノ　ヨイヨイ

あー　捲いた捲いた三十五函
棹取りかえせと札をとる
あわてなさるな勘量さん
いまの一捲きゃボタばかり
　サノ　ヨイヨイ

これは昭和一、二年のころのです。みんなが勝手につくってうたいますたい。

うとうたり、けつわって逃げたり……。うちがたの納屋でも「ほらあんときあんたがたから逃げたひとがおろうが。たんすを置きっ放しで。あの人たい」と話にでても、数が多くて覚えんですたい。

よそのおなごと逃げれば折檻《せっかん》はひどいもんでしたばい。けれどいくらでもそげな者はいますから覚えとりはせんですな。わたしはもうどんな者でも叩かんごと叩かんごと頼みよりました。叩いたところで金が出てくるわけじゃなし、みんなひどいくらしですからの。うちがたの大納屋じゃ叩いたりすることはめったとありませんでした。

子どものころ、おっかさんから聞きよりましたが貝島炭坑《かいじま》ではですの、折檻するのに足の親指と親指をきりきり巻きあげてぶらさげよったそうですばい。そして青竹でばんとぶっ叩く。ぶらんぶらんとあっちいき、こっちいきしますすげな。ほんに聞いただけでつらか。バカになったり狂ったりするくらいはまだよかですよ。

名前は申しあげられませんが、蓮華寺《れんげじ》にいるひとですけれどの、その人が、「今日は体のぐあいが悪い」いうて寝とる人を、怒ってめったやたらと叩いて大怪我させ、無理に働かせてですの。坑夫は死にました。病気で死んだといってないしょにしてしまいましたばい。そしたら、死んだ者が迷うてな、殺した者の家のもんが繃帯を洗うていると、「わたしが洗いまっしょ」というてふわっと出てくるそうじゃ。そんな話がござりました。そんなむごいことしてなんのよかことがあるもんの。とうとうその男は炭坑をやめてしもうた。

わたしは十四のときに坑内にさがって何年も働いたけれど、いまでも坑内はおそろしい。娘のころは、坑内の枠にまっしろな黴《かび》が生えて、ふわふわと長い黴ですばい、それがしろく光るのがこわくてな。それに地のなかの静かなのは、地の上の静かなのとちがいますばい。ぺちゃん、ぺちゃん、とじぶんのつまわらじの音が地のなかの水にぬれてします。つまわらじというて、足の半分しかないわらじをはいて仕事をしよったのです。

おそろしいめにもなんども会いました。岩崎《いわさき》にいるとき、四人でですな、切羽のすぐ下で仕事をしよった。ところが、坑口と切羽のあいだがどんどん落ちだしてきた。落盤ですばい。ああ、と思うまにだだあっと落ちて四人の出口がふさがってしもうて。水まで出てきた。汲上げポンプが途中の落盤でつぶれてしもうて、わたしたちのところの用をなさんのです。おそろしかったろうってですか。でも、それくらいの非常はなんどもあってての。そのくらいは……。

おやじとふたりで仕事をしていたときでした。ばらばらと来ての。おやじさんもわたしも逃げるまないとたい。「だれかきてくれ！」とおやじさんが叫びよった。わたしも腰を埋めたボタを掻き板で取りのけようとしますけど、そんなことじゃまにあわん。わたしのまわりはどんどん落ちよりますけん、だれもわたしのところまで助けにこんとです。肩も頭もなんもかもみるまにボタをかむってしまいました。そのころわたしは心臓が弱っとりましたけん。もう駄目だと思ったですの。こうして話してみればよっぽど平気なようにござりますが、人間、死ぬなとおもうだけで、子どものこと家のことなど考える余地ないですな。もう少し掘りだしてもらうのがおくれていたら駄目でした。怪我もしなかったのは、わたしのすぐ後や前には大きなボタが落ちたけど、わたしはこまいのばっかしかむったけんよかったとでしょう。その時もよその人たちは、「あの人信心しなさるけん死にもせん」といいよった。

わたしが日蓮宗を信心するようになったのは、やっぱりおかあさんの信心をみならったとでしょう。信心はおばあさんから三代目で四十代に入って一所懸命になりました。わたしは信心するのなら人のことをおがんでやれるほどの力を持たにゃと思いました。いい加減な信心ではそんな力はでません。いまはもう年がいってしもうたので、でけん。あちこちから、いろいろ人がたのみごとを言うてきても、その人が死ぬんじゃない思うたら力が入らんもんです。病気やらは数多くあたってみとるけん、たいがいわかりますたい。一心に拝んでやれば気が晴れてようなるもんやら、すぐ医者にみせにゃつまらん病気のものやら、数あたっとりますけんのう、わかるもんですばい。岩崎にいたとき、一番方ばかりでしたけん、一所懸命声だして拝んでもよかったけど、二番方、三番方のあるところは、近所が迷惑しますけん力が入らんですの。

信心しとる人と、そうでない人とは坑内にさがるときそりゃ違います。まっくらい中へさがるとですけん。わたしは、どげん忙しくても燈明あげにゃいかんです。だいたいわたしは負けん気が強うて、どげな仕事でも人並以上にしよりました。昔は掻き板いうてな、石炭をエブにいれるときそれで掻き集めてエブにいれますたい。竹で作ったショウケみたいなエブに。その掻き板を使うときに、よその人は何回でもガリガリ掻くですたい。わたしは三回ときめたなら三回、ザアッザアッと入れにゃ気がすまん。鍛治屋にいって特別なものこさえてもらって、ザッザッとやる。

わたしの上の娘が十六のときでござした。末の息子が満二つくらいでしたかの、この子を守りしとけ、というのに娘がぬるぬるしてよう動かん。

「よか、わたしが負うていく」

わたしは息子を負うて坑内へさがったですたい。そんなに気性が激しくて、まあ気狂いですな。

息子は、あのときさがった坑内の様子を覚えちょるといいますたい。その炭坑は浅かったですけん、子どもをいれても体に悪いことはないとおもうたもんじゃけ、負うていったとじゃありますけど。娘がびっくりしてわるかったというようすをしとる。息子の頭に着物をひっかけて、「頭ひっこめとけ、いいか、いいか」いうて負うていきました。

万事そんなふうに激しいですから、わたしの信心もいい加減なものではございせん。遠方から、お人がなにかと頼みにきなさる。子どもを負うて、この子の足の骨が折れたけん拝んでくれ、いうて遠くからみえたりですの。わたしは骨つぎじゃございせんばい。欲得ずくのはいけん。いろんな目に遭うて、四十代で信心に入ったが、わたしの若いころはおっかさんが一所懸命に信心しござった。

西新にいたときのことです。坑内の上枠が危いからかえろうといって、義兄《にい》さんたちと四人で帰りよったとです。ところが坑口でよその函がどまぐれてな。ピンが切れていっさんに下がってきた。枠にぶっつかって、枠が坑口のほうから順にバタバタ倒れての。丸太やボタが落ちかかる。灯は裸じゃけ、たちまち消えてしまって、ただもうまっくらな中に、枠のくずれ落ちる音と、「とうちゃん、とうちゃん」と泣く声とが聞こえるばっかしでの。

わたしは一番あとから歩いていたので、下んほうで聞きよったよ。ストンと枠が落ちてきて足とられて動けんとじゃ。ばらばらボタがおちてきての。ほかの者の泣き声聞いとると、生きた心地がせん。ボタの下になったのかな、と思ったりしてな。

坑内は上から下へ風が吹くから、下からの声は上のひとには聞こえん。わたしは函がどまぐれて走ってきたときに、枠にひっかかってとまったのが見えたけん、大声で叫んだと。

「函が枠にひっかかっとるぞう」

けど聞こえずに捲きを捲いたとじゃ。それで枠がみな倒れての。いそいで逃げよったが。そのときも助けにきてくれた者が、

「この人たちのおっかさんが信心しなさるけん、死にもせん」

といいよった。ボタに埋まったはな(最初)は、おろしに入るときは気持がわるいで

すな。のちは、なれますけど。なんべんも非常にあって働いたが、なんぼか信心の力が助けてくれとりましょうの。

炭坑にはいろんなひとが働きよりましたばい。めくらさんも坑内仕事をしよりました。方城《ほうじょう》炭坑にいったときは、男の年増なひとでしたけど、採炭でも函押しでもしよってじゃった。目のみえんひとが函押しするのは危いなとおもいよりました。一番方はひとが多いですけん、二番方に行きよってじゃった。

あねさんの婿の甥に、へいちゃんいうておりましたが、その頃十八じゃったが、これがめくらさんで坑内仕事しよりましたたい。ほんに勘のいい人での、石掘り、穴くり、マイトかけ、スラ引き、なんでもしますと。昔は選炭も坑内で、じぶんたちでしよりました。ふるいにかけて、ボタと石炭とわけて、それをこまいのとふといのに選りわけてですの。へいちゃんは仕事もはやいが、芸もこまかい。わたしらはったといよったが、函積むとに石炭のふといのをうまいぐあいに隙間をあけて積みあわせます。そしてその上にこまいのをぱらっとかぶせますたい。その炭坑じゃその場で掘り高を勘定するところでした。へいちゃんははるのが上手ですたい。あるときそこの親方がはったのをみつけて、そばで仕事しよったわたしに、

「おい、おたき、おまえはって加勢したんやろうがね」

といいましたたい。

「なんの加勢しようかね。わたしどんがするよか、よっぽどへいちゃんがうまいとばい」

とわたしはいいましたたい。選炭でふるいわける手つきには感心しよりました。ボタと石炭とは温度がちがいますげな。ふといのとこまいのもさっとさわったときに、ぬくさがちがうといいよりましたばい。

むご(無語・聾啞)のひともおったですたい。二十代の人で先山しよりました。耳が聞こえんから荷のくる音が聞こえんで危いとおもいよったが、掌を天井にあてておいてツルの柄でこつこつと叩いてみよります。掌にひびいてくる調子で危いかどうか分りますげな。

その男に、むご友達がおったですたい、娘がですの。そのひとも坑内で働きよりましたたい。好き合うて二人で逃げました。頭のよか男での、どんなにして覚えたか字を書きよったですたい。二人で逃げたときも宿屋に宿帳を書いて泊りましたげなですばい。二人が帰ってきたけん、いっしょにしなさったです。わたしのおばさんとこが、納屋頭しよったときじゃった。おばさん達が仲に立ちましたたい。おばさんの隣りに住んどりました。けど、どうしたことか、女のひとがぬすと(盗人)したですたい。おばさんとこの金ば。親たちがおこってですの、嫁ば離婚さしたですたい。男はまじめな働き人《ど》じゃった。

それから男はひとりで働きよったが、おそろしく口の立つ女といっしょになったですたい。子どもがひとりおる女じゃったが、むごの男が働き人ですけん好いたとでしょうの。そこらへんのことはよう分らんですばってん、いっしょになった。

しばらくしてその婿さんは姪浜炭坑に働きにいきましたたい。嫁さんは西新炭坑で働きよりました。そして婿さんのおらん留守にほかの男とでけましたたい。そうして暫くしとるときに、婿さんかえってきた。

さあ、みんな心配しました。ばってん、婿さんは出来たひとで、波風立てるようすもない。じっとひとりおりますたい。女は、とても口がきいとる。おばさんとこは納屋しとる手前、だまってほっとくのは気の毒な、いうてですの、嫁さんとられてかわいそうな、と女相撲しとったひとを貰うてやりましたたい。これまた堂々とした女での。口もきいとる。

そこでは年に一度、福岡の西公園に花見にいきよりました。ちょうど花見にいっとったとき、むごのひとも嫁さんとったひとも一緒に飲みよったが、二人が何かいいよると思ったらむごのひとが、ぱっと盃を投げましたたい。口のきいた前の嫁さんと男のことが、やっぱり気になっとりましたとやろう。酒の席にはお互いの親類のもんも来とったけん、なだめましたから何事もなかったですばってん。ちょうどあっちの嫁さん来とらんでしたたい。

「ああよかった、あっちの嫁さんがいたら、やかましかひとじゃけん、どうなったかわからん。みんな言わんがいいばい」

といいあいました。とうとう嫁さん知らんじまいじゃった。よかった。その婿さん、ふが悪かったですばい。福岡炭坑に移らしてまもなく、マイトで死なしゃった。相撲とりよった嫁さんはどうなったか、知らんですの。

あのころは坑内で死んでも、会社はほとんど何もしてくれんじゃった。わたしの叔父さんが死んだときも何事もなかったです。それでおとうさんがやかましゅういいにいって、金もろうてやりました。仕事も休むと食べられんくらいの賃金しかないですたい。わたしはおやじさんと一緒になってからというものは、一カ月ぶっとおしに働きよったとですよ。今日は休みの日、いう日は決まっとりません。めんめんが勝手な日に休みます。

わたしは子ども産んで肋膜して、やっとなおったらまたすぐ仕事にいきましたたい。おやじが百姓あがりで坑内仕事になれきらんひとでの。それでなるべく小ヤマでゆっくり仕事のできるところがいい。わたしも、どんなにがんばっても病身で人並の力がでん。何やかやで五円なんぼかの借銭がでけての、それを払わんならん。わたしはやりくりはようやりました。金ばかりじゃなしに、炭坑さがしのことも。

そげなことは一向に気のきかんおやじでした。会社にやめさせてくださいといってから、おやじを炭坑さがしにやりました。やめるまえは炭坑さがさせませんから。借銭がかさんどるもんですから事務所でもこれ以上わたしらを置いとってもつまらんと思うたとでしょう。わたしは、道具をみな質屋に持っていって借銭を返しました。事務所じゃ反対にわたしらにワラジ銭をくれたんですばい。

わたしはそれからずっと体が弱くてな。三十四、五のとき、広島のおやじさんのところに皆でかえろうとしたとですたい。そのころは貧血がひどくてな。頭がぼーっとして。わたしは、一週間に二つやすまな体がもたんとですたい。長女、長男、わたし、おやじの四人で、おやじさんのところへかえろうというて道具一切を売ったとです。百姓はけれど、わたしのような弱いもん連れてかえるのがどうかあったのでしょう。百姓は休んだりせんですから。食べものも炭坑の者は口がおごっとりますからの。そんなふうで、おやじさんは弱いわたしをところへ連れてかえるのを気にして、わたしらは姪浜炭坑にいったですたい。

姪浜にいったときは、わたしは産後が悪うて薬を飲まにゃならん。子どもも悪い乳のんで病気になっとる。わたしも子どもも薬を飲むと日に二十銭いるとです。その二十銭の融通がきかん。わたしが買えば息子の分が買えん。おやじさんだけの働きじゃ足らんからわたしも坑内へさがろうとしたとですたい。係のひとが「あんたさがらんがええばい。養生しなさい」というてじゃった。ありがたいことに姪浜は薬がただでしたたい。一銭くらいだすんじゃったか。それでやっと薬のむことができるようになりました。

そうして何日もたたん時じゃった。おやじさんが、
「どうも今日はいきとうない。妙な気がする」
「そげん妙な気がするならよこいない」

「ばってんここへきてまだ十日もたたんからよこうわけにゃいかん」

というて出かけて落盤に遭うたですたい。すぐ入院しました。腰をやられて小便もでらんごとなってですの。

わたしはまだ体が悪くてよこうとるし。夜寝とると、どうもこうも淋しくて気が沈んでどうかなりそうになるとです。体が妙なこころもちになっていくのです。おそろしくて肥前の親類のうちにいきました。長女が五つでしたが、汽車のなかで、

「おかあさん、みんなべんとう買いよんなさるよ」

というんですたい。わたしは聞こえんふりしとりました。

「おかあさんべんとう買いよんなさるよ」

となんべんもいいますたい。わたしは「ふん、ふん」としょうがなしに返事しよった。行きとかえりの汽車賃だけしかふところにはないとですけんの。そのとき知りあいのひとが汽車に乗っとらしてですな、餅十銭がと買ってくれてでした。わたしは涙がでろうごとござした。

親類のうちでは、ゆっくりしなさい、もう少しおれば使い銭もやられるからというたけど、わたしはよその家に落着いておりきらんとですたい。それでまた姪浜へかえ

りました。雪が降っとりましたたい。わたしは足袋はいとりませんでした。長女が、

「おかあさん足が冷たい」

といいますけど、わたしは足袋はかせとるとじゃけん冷とうはなかろう思ってほっとりました。なんの、足袋はいとってもぬれますけんの、冷たかったですたいなぁ。いまごろになってそれを思うちゃ涙がでるとですばい。汽車に乗っても、こんどはべんとう買うてともいいません。買うてもらえんもんと思うたとでしょうたい、拾うたからべんとうを両手にもって、こうして膝のうえで振りよりますと。わたしは、ほんにつろうござした。横むいて泣きよったですたい。

家へ帰ると、また体じゅう淋しいごとあってどうしても坐っておれんとです。どうしたのかとおもうとよけい淋しいごとござしてなぁ。またわたしは歩きいったとです。こんどは新森《しんもり》のねえさんのところに。

いままでわたしたちも働いとったところです。博多《はかた》から折尾《おりお》へいって、折尾から筑豊線にのって中間《なかま》へいって、また香月《かつき》線にのりかえていきますと。

やっと新森に着いたら、長男の様子が変ですたい。兄さんが、

「こりゃバシフたい。このままましとったら危いばい」

といいますと。ジフテリヤですたいな。そのころはバシフといいよりました。いそいで負うて香月線に乗りました。木屋瀬《こやのせ》までいったら汽車に乗っていたひとが、

「あんたどこまでいくか知らんばってん、背中の子は様子がようなかばい」

「博多へかえりよっとですたい」

「そりゃようなか、そんままじゃ死んなさるばい、木屋瀬でおろして注射して貰いなっせ」

といわっしゃった。ほんとうに負うとっても息づかいがようなかですたい。駅でわざとうどんを食べさせてみたが食べきらん。二つになっとりました。そのときわたしは四円しか持っとらんでした。

わたしはまた負うて野面《のぶ》へひきかえしましたと。そこならお金が足らんでも働いたことがあるからわたしを知っとってじゃからなんとかなりますから。病院の先生も看護婦さんも知っとりますから。注射して貰おうと思ったら薬がなかった。看護婦さんが、

「心配せんで急いで木屋瀬にいきなさい。あそこはおばさんがおんなさろうが、金持っとんなさろうが」

というてくれてじゃが、わたしはぼーっとなりそうでな。長女がだだもこねずに、

「ときちゃんはえらいね。ときちゃんはえらいね」

いうて長男をなでてやりますと。長女の声を聞いとりますとの、長男より長女がかわいそうでな。わたしがこんなにそうつかんなら（歩き廻らないなら）この子もこんなつらい思いさせせんですむ。わたしが不安なばっかりに、落着きものうそうついて……と思いましての。看護婦さんがわたしの顔色をみてな、

「心配せんでいいが、注射さえ間にあえば大丈夫じゃが。あの注射は六円かねえ」

とわたしに算用できるごと値段をつぶやきなさった。

人の金はあてにはならん、わたしはどうしょうと思ったけれど、また新森にひきかえしました。姉さんが、

「ともかく寝せな。負うとってどうするか」

といいなさった。息子をおろして、わたしは、そうだと思ったですたい。今まで金のことばっかし心配したけど、着物を着とる、これを質にいれればいいじゃないか、と思って大急ぎで、

「姉さん医者よんできてくれ」

と頼みました。姉さんの家の前に質屋がありました。医者が来ていうには、

「この子の命は三時間しかない。この子の命をわたしにくれ。注射はうつが咽頭を手術しよう。ゴム管をつけるようにすると命をとりとめることができるかも知れん」

「死んでも仕方ありません。注射だけしてください。むごいことはもうしょうごとない」

というて注射だけしてもらいました。親類が集まってきて、どうしょうか、葬式はここですませるか、むこうへおくるかといって話し合うとる。みんな炭坑で働いとるものばかりです。わたしは息子を抱いてじっとねとりました。もうあと何時間もないのかおもいました。三時間といわっしゃったが、もう時間もなかろうと息子をのぞくと、息がかるくなっとる。

「息がスースー気持よさそうにしよるがな、ほうら」

と思わず声出しましたと。みんな寄ってみてびっくりしましたな。あくる朝は走ってそうつきよる。

入院していたおやじさんもどうやらよくなってかえってきました。それからもう苦労の連続ですたい。恥を申さななりまっせんばってん、くすりを買う金がありません。

我慢されるしこ、わたしは我慢して仕事に行きよりました。おやじはわたしが休むと休みますたい。それでなくても、一週に二つよこわないかん人での。とうとうけつわったことがござす。

子ども三人の手を握って、藪のなかへ走りました。うすぐらくなっとりましたの。それから裏道ばどんどん走りましたたい。見つかればしうちがむごいですけんの。暗くなってしもうた。子どもはもう走りきらんですたい。このあたりなら、もうよかろうと思いましたから、そのあたりの農家へいきましたたい。

「どこでんよござすけん、一晩泊めてつかあさい」

「泊めるこたでけん」

「子どもがおりますけん、その土間のすみでよござす。寒いときですけん、すみませんばってん、家のなかさへいれてつかあさい」

「土間でもどこでもでけん。出ていかんの」

そういうて戸ば閉めましたたい。いま思うても涙のでます。わたしは娘とこのごろもよく昔のことを話しますたい。そのたびに涙のこぼれてよう話せませんばってん、子どもにも苦労かけました。その晩はしょうがないですけん、莚にくるまって軒の下にかがんどりました。

どこに行きようもないですけんの、その日働かな子どもに食べさせられませんから、前に働いたことのあるこまい炭坑さへ行きました。そこじゃわたしが人並以上に仕事のでけよったのを覚えとってすぐいれてくれました。

「何人家内か」

「五人です」

「おまえが働かないかんかな」

「はい」

「顔色がようないばい。よこうたがいいばい。病気は保険になったばい」

保険になっとりましたたい。昭和元年か二年じゃったでしょう。たいがい顔色が悪かったんでしょうの。わたしが坑内に入ったところが、ある女の人が、「ああおそろしい」いうて顔を両手でこんなふうにおおってしまったとですばい。幽霊のごとみえましたげな。ちっと頭がどうかなっとったのかも知れんですな、その女が。

炭坑に入るときに支度金を貸しますたい。それでおやじさんに酒も煙草もやめさせてですの。米だけ三日分から四日分くらい買って、おかずは馬鈴薯か南瓜だけで二週間食べたですたい。わたしはあんまり食べんでも、ほかの者に食べさせましたたい。ふらふらしながら坑内へさがると、目の前を炭車がガーッと走りよる。あの車の下になって死のうかしらん、ふらっとなりますたい。心臓が弱っとりましたから。でこぼこの坑道をあるくのによっぽど力がいりますたい。自分じゃ一所懸命いそいどるとに、ずっと人におくれてしまう。おやじさんも退院したあとですけんの、ふたりでぼつぼつ入りましたたい。

死のうかしらん、いまあの下に入れば終ってしまう、そう思うのに死にきらん。よっぽど思い切りのわるい人間ですじゃろうの。わたしは死にきらんばっかりに辛棒して行きましたたい。そして仕事するときは負けん気がでますけんの、わたしは石炭に抱きついて働きました。めちゃくちゃですたいの。

よういままで生きてきたと思うほど弱かったですな。なしてこげん弱いとじゃろうかと悲しかったですばってん、いままで生きたところをみると、なんの弱いとじゃない、無理な仕事をしとったとです。人並にわが体がないと思うとったばってん、坑内の仕事がひどかったとですたい。

胸に膿がたまってな、駄目じゃろうといいよりました。わずろうてから三年くらいは仕事されんということですけど、わたしはすぐ仕事をはじめましたばい。おやじさんはわたしがよこうとどうしてもよこいますけん、食べられんですたい。炭坑には馴れん人でですな。一週間に四つ(四日)しか行ききらん。わたしのおとうさんはおやじをミソクソにいいよったですたい。わたしは体が弱って平地も人並に歩けんごとござしたけど、雪が頭にいっぱい降りかかるのをはらいきらんまんま、ぼちぼちと歩いて坑内へさがっていましたたい。

わたしの話はなんもありゃせんですの。最後は信仰のことになってしまいますけんの、若い者がきらいますたい。人間の力というもんはやっぱり年がいくといけませんの。一心に拝んでも、若いころほどのはりが出んですたい。おおきな声あげて一所懸命に法華経をとなえますたい。けれども、もう駄目ですの。

おなごもやっと自分が落着くのが四十代ですの。わたしのおっかさんもおばあさんも熱心に信心しましたたい。そしておっかさんも四十代でその道に落着いたごとござしたな。わたしの話は、いつも苦労話ばかりでの、面白いこともございませんな。

■

■

■

昨年の晩夏だったとおもいます。私は二、三人で安ウィスキーのテーブルを囲んでいました。西陽がつよくおちてくる座敷で、ぶしょうひげを撫でながら某炭鉱労組の書記が大声をだしました。サークル活動家でもあるその青年は、突如として能弁をふるい、またまったく黙りこんでしまったりするのです。

　そのときもみるまにさわやかになって、声色まじりに炭坑のとらえがたい暗黒について論じたてました。そしてそのあげく、

「おれのおふくろも坑内労働をしたばい。おふくろのきょうだいも親も、おやじのほうも坑内にはいっとる。なんもない者たちとはちっとばかり血統がちがうばい。おれはおふくろに負ぶわれて坑内にはいったのを覚えとる。三つくらいだったばい。坑内にはいったのは後にも先にもそれいっぺんきりばって、坑内の印象はやっぱ消えんばい。おれは前からおふくろの一代記を書こうと思って話ば聞きよるとたい。ばって、これは、やおいかんばい(容易じゃない)。あんた、なんとも知れんとば書きよるごた

るが、おれのおふくろに逢わんの。逢うてよか。あげな経験はちっとやそっとじゃ書けんたい」

と、はじめて母親のことを知らせてくれたのでした。

そののち彼は、彼といっしょに人形劇をする若い妻と、彼の両親や妹をともなって、私の住む町へ移ってきました。私たち家族が食事をする窓のしたを、うんざりするほど長々と石炭を積みあげた炭車がとおるのですが、そのすりへった枕木をあるいて、いくたびか彼のおかあさんの話をききに行くことになりました。

おかあさんは晩秋の光のなかに坐れば、いくらか足腰の神経痛のうずきはやわらぐようだと、日光を背にしていつまでも話してくれます。

あるときは小学校一年の私の娘を連れていきました。ほんとうにあのおばあちゃん石炭を掘ったのと、子どもが不審がるほど顔色が青白く、その痛々しい感じはまだ病巣の潜伏を告げているかのようでした。

そして話しても話しても核心は伝えられないというように口をつぐんでしまいます。はじめのわびしい微笑にかえっていて、まるで最初から私のききとりかたのよわさなどは観念していた、というふうにみえるのです。

「むかしの炭坑のことならよそへ行かんでいいが。人のしきらんごたる貧乏や苦労をわたしはしてきとる。わたしに聞かんの。わたしの息子もわたしの一代記を書くといいよったが、なんの、あれがとてもじゃなかろ（あの子じゃとても及ぶまい）」

そのことばは私の心に残りました。

おかあさんが話をしている間、おとうさんの姿はみえません。一、二度戸外から裏口へ何か道具をとりにみえました。おとうさんがいらっしゃるのなら、ぜひ高島の話を聞かせていただきたいと頼みました。圧制の筆舌しがたい高島炭坑のくらしや、明治年間にそこで起った暴動がその後にどう影響しているのか、高島からの逃亡者に直接逢って知りたいと思いました。おかあさんは、

「だめじゃろの。よっぽど酒でも飲んだらちょっとぐらい話すかしれんばって。わたしもけつわってきたちゅうことを聞いただけで、どげなふうだったのか、まるで聞いたこたないとじゃけ」

と全然つまらないという様子でした。

このおかあさんの心のなかには、充足と空虚とが一本の樹となって聳えているようでした。それはおかあさんの記憶からひとあしでも外へでては生きられない植物で、

おかあさんはその樹液の音をききながら遂に放心してしまうかにみえます。噴き出させるところがまるでない、というように。それは地面の下で働くという特殊な労働環境の多くの条件が重なった結果なのですけれども、後山たちの話を読者の方々にいくらかでもまっすぐに受けとってもらうために、その条件のなかの一面を書きとめておきたいと思います。

人に負けてはならない。一歩も引いてはならない。体当りで生きねばならないのです。せっぱつまった環境のなかではそれだけが頼りになる道徳であり、心の支えでした。男も女もはげしく競いあい、自分の先山にふさわしい男を、後山にふさわしい女を求めあいました。夫や子どもを捨てて共働きの甲斐がある男と逃げる女は多かったのです。近代社会がいう「愛の自由」とはことなった場所で、後山たちは愛を考えました。

坑内でも坑外でも男とともに働こうとしました。労働の共有を具体的にしめすことが愛の深さでした。そこから結びつきの偶然性をのぞいていこうとしました。流した血の量はおおくふかいものがありますし、伝えがたい心の奥の葛藤が織りこまれています。このおかあさんにしても、祖母と母親とそして自分という女三代の生活信条と、それと矛盾する夫婦の欺瞞性とに痛みぬいています。けれども、やはり求めつづけ、たたかいつづけた時間をむだだと思うことはできないのです。その思いが母から娘へと受けつがれて、この女性のはっきりとした母系意識の基盤となったのでしょう。

魚屋の店先や、路上でときおり行きあったりします。いつも何か思いつめた風情で、めったに私と気づくことがありません。

棄郷

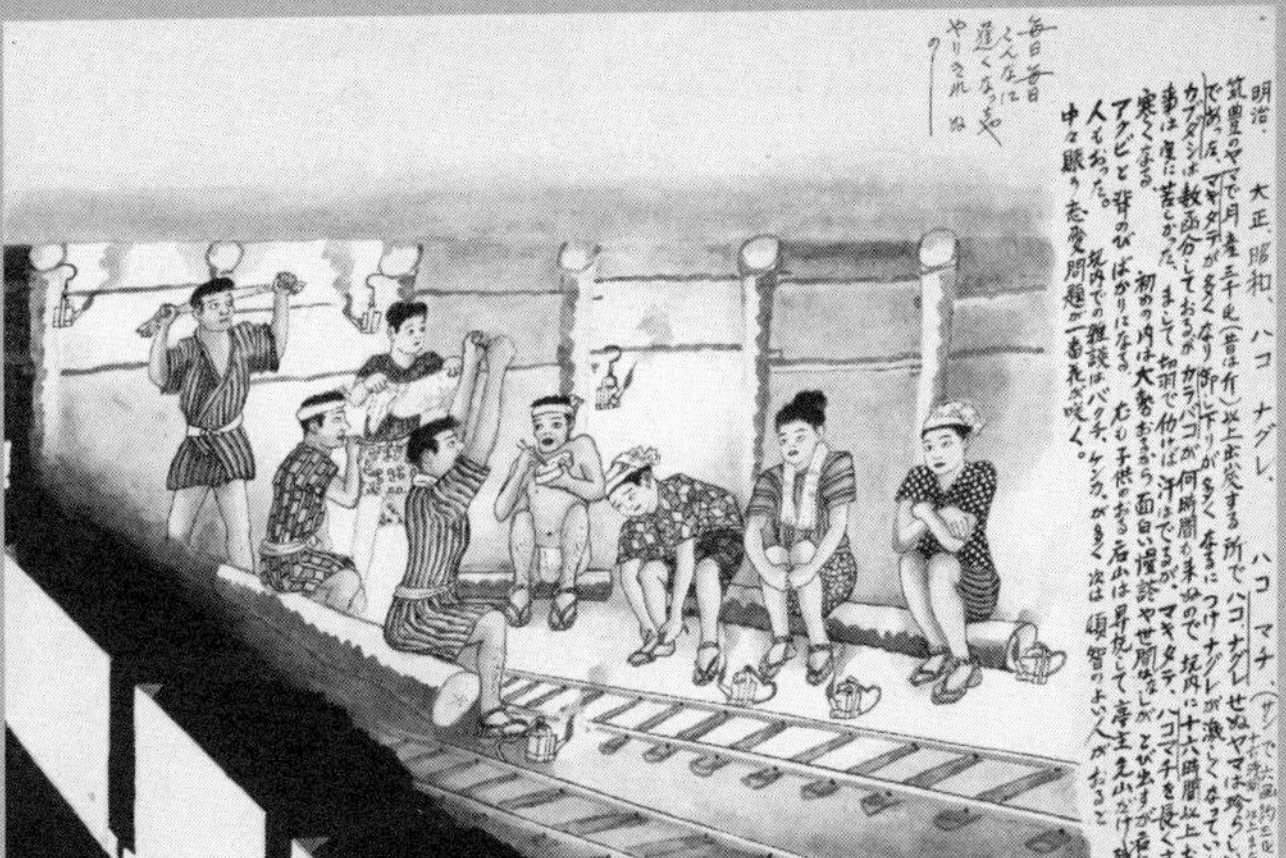
明治、大正、昭和、ハコ ナグレ、ハコ マチ、
筑豊のヤマで月産三千屯(昔は斤)以上出炭する所でハコナグレせぬヤマは珍らしい位
であった、マキタテが多くなり卸し下りが多くなるにつけナグレが激しくなっていた
カブタシは数函分しておるがカラバコが何時間も来ぬので坑内に十六時間以上おる
事は実に苦しかった、まして切羽で働けば汗はでるが、マキタテ、ハコマチを長くすると
寒くなる
初めの内は大勢おるから面白い猥談やせ間ばなしがとび出すが後には
アクビと背のびばかりはなる 尤も子供のおる居山は昇坑して亭主丈山に残る
人もおった。 坑内での雑談はバクチ、ケンカ、が多く 次は 頓智のよい人がおると
中々眠り 恋愛問題が一番花が咲く。
毎日毎日
こんなに
遅くなっちゃ
やりきれぬ
の――

わたしは別府《べっぷ》で生まれましたんですよ。わたしが生まれたころは、ちいさな温泉宿をしていたわたしの家は左前になってね、わたしは養女にいきました。そこは料理屋で、仲居をして働いていたんですよ。仲居仕事にせいだして四年ほどたったとき、いまの主人にあいました。そしてわたしは嫁いったのですが、嫁いりさきが湯布院《ゆふいん》の湯のつぼという料理屋でした。同じ料理屋仕事のところへいったのですから、養女先からさんざんに悪くいわれてねえ、まあ追いだされたと同じようなもんでした。

その湯のつぼという嫁いりさきは、わたしがいったときはもう抵当流れになっていたとですよ。流れるから、わたしに来てもらってもりかえそうと考えたのですねえ。わたしもいやな養女先で働き暮らすより、自分の家をもったが嬉しいものですからねえ。湯布院というところは霧氷の美しいしずかな温泉村で、わたしの家のすぐ横を冬は湯気をたてて川が流れとりました。あねさんかぶりをしてわたしはせっせと働らきました。けど、主人もその家の養子ですと。おっかさんがそりゃなんといったらよかでしょうねえ、まあ金のかからん女中を置こうと思いなさったのでしょう、息ぬく暇なしに仕事をさせられました。

わたしら一家は、抵当流れになった家の裏の古い一棟に住んで、自分らでまた料理屋を開業しました。けれども小さな店ではあるし、人手もあまるし、金にもなりませんから、主人は別に床屋をひらきました。人手にわたった家の前で、道路へだてた向い側になるのです。だいたい床屋をしようと思って別府へ修業にきていたのですから。わたしは料理屋が暇な時には床屋に手伝いにいっていました。暇な時といって、たいがい暇でしたと。

床屋へいくのに、前の家——自分の家だったので不便もなく道路へ出られたのに——ぐるっと廻っていかねばならん。一日に何度もいき来するのに不便でならんのですよ。それに、その床屋は店と三畳の間とありましたから、わたしら夫婦はそこの三畳に移りとうてねえ。主人とくりかえし相談して、わたしの嫁いり金で建てた床屋だし親に話をしたのです。さあ、親はかんかんに怒ってですねえ。店の道具は料理屋のほうの金で買うたとじゃとか、親とわかれるつもりじゃろう、二人で食べりゃいいとじゃろう、とかいわれてですの。そんなつもりじゃない、床屋の計算もいままでのことみんなお渡しします、料理屋の手伝いもいたしますいうて、やっと二人三畳の部屋に入ったのですよ。

ところが、親たちは床屋の計算を渡すといっても勢《せい》が入らん。講をかけて渡せといってね。その頃巡査の月給が三十円でした。月十円五十銭の講をかけさせられてねえ、料理屋ははやらないし、わたしが持ってきた金はみな使い果して、どんな無理をしても十円五十銭の講を払いつづけられんのです。泣く泣く、「炭坑にいこうや」と話しあいました。主人の兄が赤池《あかいけ》の炭坑にいましたから。

親から家わかれに、米五合もらいました。そのほか一銭の金も、一枚のふとんももらえませんでした。姉たちに味噌もらったり、茶もらったり、近所の衆に茶碗もらったりしてほんとうに泣きながら炭坑に出ました。

湯布院は別府から九重の山のほうに入った田舎でね、ぽつんぽつん温泉宿があってあとは百姓でした。炭坑はカンゴク人がいっぱいだそうな、というとですよ。一緒にくらせるやろうか、どんな怖ろしいところだろうか、家は莚を割竹でおさえたものが戸口にさげてあるそうじゃ。わたしらはほんとうに地獄におちるような気持でした。

主人がさきに赤池にいってしばらく働きました。わたしたちは養女をもらっていましたから、その時かぞえで六つになっていた娘を八幡にいるわたしの弟に預けて、夫婦で中間《なかま》町のちかくの上津役《こうじゃく》という小さな炭坑にいきましたと。さあ三十人もいたでしょうか、みんないい人ばっかりでねえ。わたしはもうびっくりしてねえ。朝鮮さんも多くて、いっしょに唄うとうて、石炭のせる函に乗ったりしていましたよ。はじめは主人ひとりが働きよったのです。でもよその人は女も入っとります。人がしているのにわたしがしきらんことなかろうと思ってね、わたしも入ることにしました。

上津役は浅い炭坑でしたから、男も女も働き着を着て入っとりました。さっき言うたように、朝坑内に入るときは、唄うたったりして函に乗って待っとる。すると棹取りが来て函に一緒に乗って坑内にさがっていくのです。裸線が二本頭のうえを通っていて危ない。棹取りが危ないところにくると合図してくれてね。あがるときも、「急いで積みなさいよう、これが終りぞう」とおらぶのでわたしらは急いで石炭を函に積んで、その上に乗ってみんなして上りよりましたと。

五日目ごとに勘定があっていました。二人で働いて十円ずつ五日目ごとに貯金に行きよった。黒崎《くろさき》まで。それが楽しみでねえ。昭和五、六年ですね。養女のみつ子を預けているのが心配だったけれどひねくれもせんで育ちよりました。

夫婦ふたり体が楽になったのでせっせと働きましたよ。はじめて一軒の家もったとですから楽しかったですねえ。貯金がようできたって。そうですねえ。バクチするじゃなし酒飲むじゃなし体が楽だったからですねえ。よう働きましたけど。よその人らでも金残そう思っても残らんごとなっとるときがあるもんですよ。災難が先廻りしてついてまわってねえ。そんなときがあるとですが。わたしらは、戦争中もかつがつ(どうやら)貯金するくらいのくらしをしましたけど、岩崎いう炭坑に移ったころは、貯金もするかわりマツボリしよったですが。マツボリですか、主人に内緒金ですたい。そしてどこに金をなおそう(かくそう)かとあんた、狭い六畳の間をぐるぐるまわったりしてね。ええ最初はやっぱり店を出すつもりで貯金しよりました。けれど炭坑のほうがほんとうにいいですよ、人間がずっといいですよ。

会社がやらせる貯金ですか。はあ勘定からなんぼかずつ引かれとるといいござったですけど、それは肩入金を最初もらっとりますけん。それの差引きに使うてあるそうです。わたしらは、小ヤマより大きいところのほうがいいからと近所の人がいうたので九州採炭《きゅうしゅうさいたん》に移りましたと。そこでは夫婦で十五函くらい日に出しよりましたよ。普通は夫婦者で日に四円か五円とるのですけどね、わたしらはみち子に手のかかる頃は七、八円、みち子がひとりで学校行きする頃は十五円くらいもうけよったですねえ。貯金はかつがつしよりました。小野という納屋頭でしたけど、小野の坑夫はいい、よか坑夫のきたねえ、と誉められよりました。

小ヤマから九州採炭――九採は大きいヤマじゃないですけどね、上津役からすればうんと深くて人も多いですから、移って一番びっくりしたのは、坑内での服装ですと。家から男衆は裸で出よりました。へこいっちょで。わたしはまあびっくりしたですねえ。あんた、女でも裸ですとよ。深くて暑いから。短い腰巻だけしますと。わたしは恥かしいやら怖いやらで、弟嫁と、「まあゴマノハエのごたるねえ、一緒におりきるやろか、こわい人らではないやろか」と、ちいさくなっとりました。女の恰好がおそろしくてねえ。

けど、人はみかけによらんものですばい。北村さんという夫婦がそれはやさしゅう教えてくれなさった。

「炭層のよかとこ悪かとこがあるでしょうが。よかとこにゆきあたると石がやわくてほんによかけど、外から見ても分らん。まあそのときそのときのまんたい。いまわしらの掘っちょるとこはよかとこばい。あんたら大ヤマになれちょらんけん、うちらのとこゆずってやろう」

いうてですの。ひとつひとつ手にとるごと教えてくれなした。九採に入ってはじめて上を見上げるごと高いところに切羽があるのをみたけんですの。これはまあどうするやろか、と思ったですねえ。十文字にたすきかけたごとしてスラをひいて来ござる。上津役は浅いので切羽まで函押していって、そこで石炭を函に積みよりました。九採は坑内の函置場まで函を引っぱっていって、こんどは切羽から石炭をスラにいれて引いておりてきて函にいれござる。さあ、やることはやらんならんねえ、と弟嫁と話してですの。

一番方のときいくと函を取りきらんので、二番方のときいきました。一番方は入坑する者が多いですから、自分の切羽のところまで函を引いていくことができん。二番のほうがゆっくりあっていいけん、いうてですの。そんなことも北村さん方になろうたとです。炭坑の人のほうが地方の人よりいいですよ。地方の人間はきたないです。人間がうらめしくなりますよ。あそこはどうじゃ、あれは何じゃいうてですねえ。炭坑じゃ米借してくれ、金借してくれといっても利子とるじゃなし貸したり借りたりする。地方じゃそういうことはできやせん。うらめしい所じゃけん。田舎の家へ行くときにはハイヤーでかえれ、と主人がいうとです。自分ひとりが馬鹿にされるとはかまいはせん。けど、炭坑ちゅうて馬鹿にしますけんの。炭坑のこと知りもせんで。

炭坑もんは気っぷがさらっとあっていい。わたしは好きですね。そんな人が多くて暮らしがいやらしくなくていいです。けど、この人はと思って何もかも話せるのは、ひとりあるなしですの。どこのヤマでも。けれどそんな人にゆきあたるのはしあわせもんですばい。

九採に来てですの、小林さんいう人を知りべに持ちましたと。坑内で知りべになったとです。坑木が足りなかったとき、小林さんがようけ持っとってじゃから借りたらよかろうと人がいうてじゃった。で、

「あんたら坑木もっとるけんいうてきいたから借りに来た」

というたとです。すると、むこうもものいいが大分《おおいた》弁でしょうが。

「あんたも大分ね」「あんたらもね」いうて仲良しになりました。

気性が合うたとですね。それから、借金のこと悲しいことなんでも話ができることになりましたねえ。

主人たちも仲良しになってですの。坑内で休みの時間には好きなものがよって、おかずをみんな真ん中に出しあって食べるとの楽しさねえ。仕事しいしい唄うとうたりしてね。働いとるときが一番たのしいですの。田舎のごと自分のじゃ彼のじゃと白い眼でみることなんか、坑内じゃまるきりないですけんね。あんまり話がはずんで腰すえちょるとおこられよった。地方のもんには、あの坑内仕事の楽しいことはちょっと分らんですね。

十五、六からはたちの娘さんがようけいて、先山さんの後向きになって坑内に入るとですよ。朝坑口で娘たちは、じぶんの好きな人のところに飛んでいくとですよ。わあわあいって坑内に入って、いよいよ仕事となると女のほうが能率が上がりよった。女のほうが我がつよい、そして慾っぽうですね。それで仕事もがむしゃらにするとですけど、炭坑ちゃ案外たすけあうですが。競争のごとして函に積んで、それでも人の世話ばようしてですの。

九採の岩崎に働いとったけど、岩崎は住み心地がよかったですよ。坑内で煙草は吸われるし、函待ちしているときお腹が空いてくると、パンやにぎりめしなど取ってきて持って入りよった。わたしはもう田舎へはかえらんと腹きめました。

わたしらはみつ子を呼び寄せて、弟たち家族も二軒とも呼んで、そして弟を鍛うたですよ。弟もたった三年で責任(現場係長)になり、ずっと責任をしよっとですよ。わたしらが九採に来て二年ぐらいは炭柱掘《たんちゅうぼ》りでした。男はマイトかけて掘るだけ。女は遠いところから函引いてきて、それに石炭を積み込んで出すのですたい。男と女の仕事は五分五分ですたい。男は明日の朝の分も掘っておくでしょうが。そして函が来ようがどうしょうが、自分のするしこすればさっさとあがってしまう。好きなもん同士は男も残って二人で積み込みよる。夫婦ものはきめた時間がきたら、主人が「さあ、あがれ」という。

女が先にあがりますと。朝も女がおそいですよ。子どもを幼稚園にいれたりね、小さいのは託児所にいれたりして。たくさん弁当を持って五、六人の子どもの手を引いて託児所に連れに行く人たちがおってじゃった。みんなほんとうによくすると思いよったですよ。うちのみつ子もいいよりました。

「学校から帰って雨戸がしまっていると、ああだれもおらんとやなあと思って泣きよったよ」と。

子どもはかわいそうですよね。町の子のようにかもうてもらえんで。それでも子ども同士でよう遊んで待ってくれとりました。

わたしらが岩崎に行った頃は三日ごとに勘定でね。半金とあとが金券ですと。香月や中間の町の指定した店へ金券を持っていって買物をしよりました。現金のごと金券が使えるとですけん、わたしらはそれで生活できよりましたばい。

そうですなあ、そのころはメリヤスの下着が三十八銭、絣が一反二円八十銭くらいでしたろう。いまどきのごと、毛糸など着るものはなかったですの。それだのに、年に一度買う下駄は桐の下駄じゃなかりゃ足がいたい、なんぞといってたいがい桐をはく。そんな所は百姓と違いますの。百姓はつましいもんですが。

炭坑に来とるもんも、宮崎の人間はつましいですねえ。炭坑はいまはだれでも奥さんといいますけど、昔はねえさんと呼びよったとですばい。年のいった人はおかみさん。村じゃ、お寺、学校の先生、医者さんなんかの奥さんをごりょんさんといいよった。そう呼ばれるのはものもちの家だけで村に何軒かしかない。この遠賀川の橋渡った先に大きい醬油屋がありましたけどの、その醬油屋のごりょんさんが、ちょうどわたしが用でいっとった時御主人と喧嘩しなさったあとでね、

「ああもう馬鹿らしか。誰がかもうてやるか、腹の立つ、あんまり腹の立つけん、

たか菜漬けあげて醤油かけて食べよう」

といわっしゃった。どんなことか、よう分んなさるまい、あんたがたは。その頃は、醤油屋のごりょんさんでも醤油かけて食べてはいなかったとです。わたしらもめったと町へは出ませんでした。百姓は鉱害で田がさがって水が溜まるので困りよりました。けどそれを補償してくれと炭坑にいおうものなら切り殺されますけんの、だまってこらえとる。村のひともだいぶん坑内仕事に来よりました。

炭柱掘りは夫婦ふたりでしますけどわたしらが九採に来て二年ほどして、払《はら》いになりました。払いは二十人くらいの共同仕事ですから、いままでのごとめんめんでするわけにはいきません。小林さんが責任になり、主人が副責任になりました。主人は上津役にいくまえ、赤池に暫くおったので、機械のことも知っとる。大ヤマにいて、機械のことのわかる人間でなけりゃ責任はつとまりません。主人はただもう仕事の虫ですけん、やり出したら自分でわかったとがてんいくまで知ってしまわにゃ止めんですけん、どうにか仕事がつとまっとりました。町で若いときくらしたですけんの、機械の覚えは早いとです。マイトかけはこの上なしといわれとりました。一本のマイトで一函の石を出すんですから、それはもう何べん表彰されたかわからんです。不発マイトを出したことはないですたい。一日五〇〇から六〇〇発うって、目もなんも見えんごとなってかえってきよりました。

炭坑は面白い言い伝えがありますね。だれでもそう本気で信じとりはせんですけど、人のいやがることはせんほうがよかですからね。「夢見がわりい」「そりゃ今日はさがらんほうがよかばい」といったふうです。味噌汁を御飯にかけちゃわるい、という人もありますね。生味噌がいかん、いう人もいますばい。生土の中に入るでしょうが、それで生味噌はいかんというんでしょうね。

坑内の神さんは女の神さんだそうです。坑内で女が髪といいちゃいかん。ヤマの神さんはちぢれ髪だから悋気して落盤がある、という。また口笛吹いいちゃいかん。枠が舞うとか、歌はヤマの神さんが喜びなさるけんいいとか、いやようなか、とかですの。ヤマの神さんの使いは犬です。犬の吠き声はみな気にしますの。

「ゆうべは犬が高吠えしよったの」

「どっち向いて吠えしよったの」

「坑口のほう向いて吠えとったら悪いばい、死人の出るちいうばい」

と話がありますと。坑内仕事への出しなに、額にちょいとかまどの灰をつけるものもいます。わたしですか、いや一ぺんもそんなこと。わらじが切れたらいかんといいよった。一足新しいのを腰にさげていきますと。まあだいろんなことといいますねえ。頬かむりがいかんいうとりました。なしてですかねえ。

坑内で手を叩くのもやかましい。「手どん叩いて枠が舞うたらどげんするな！」とどなられるとですばい。猿の話がいかん。これは病院なんかでもいいますたいの。嫁いりの時とかの。まあ迷信ですたいね。そのころ、中間の先の方に榊姫神社といって、参り手が多かった。女の病気にいろいろよかいうてですの。炭坑のものも参りよりました。お大師さんなんかを信心する人もあってですの。阪井さんのおっかさんはそりゃ熱心か。岩崎におらっしゃるころからよう人の訪ねてみえよりました。

そのころの炭坑は、婿さんを仕事に出して自分は土の上で遊んどるいう女はいませんでしたよ。払いは二十人くらいで石だして、大きい切羽は日に二十函以上石炭を出します。もう家族だけの切羽ではなか。さっさ、さっさ仕事ばせな人に迷惑かけます。腰がはれて晩はもまにゃならんごとなるときもあります。けどかわり手がないとですよ。そのころはわたしもすっかり仕事になれてですの。人に教えられるようになりました。

わたしは坑内の仕事を自分でしましたから、あぶない仕事ということがよくわかっとります。それで戦争のあと、坑内に女が入れんようになってからはあっちこっち話にあるいてですの。その頃はまだ岩崎では誰も話にもせんでしたけど、安全週間を作るごと働きました。いまじゃ会社からどこのヤマでも安全、安全いうてますけどまだ労働組合の主婦会もない頃でした。わたしがそんなふうにしたもんですから、組合が主婦会を作ろうという話のもちあがったとき、むりやり会長をやらされてですの。

病気しましたから止めさせてもらいました。それに若い人でしっかりした人のいらっしゃいますけん。わたしは炭坑が好きですから、だから会長という名は恐ろしいですけどね、できましたとですよ。

会長をしているとき、品物を安く仕いれて安く売るようなことをして、わたしの家は店先のごとてんてこ舞いをしました。主人がうるさいことするな、いうて怒りました。それだから止めたわけじゃないですが長続きしませんでした。安く売るだけじゃ手間のかかるだけでですね。

会議だとかコーラスとかいうこともはじまり出してですの。話し合うことも多くなりました。陽気になっていいですのう。家にばかりいるよりも、どれだけいいか知れんですよ。借金があるのにせわしいなあ、話して何になると思うとっても皆に逢うと陽気になれますね。けれども、やっぱり働かにゃ駄目ですね。いい主人ですけどね、主人ばっかりせっせと働いて満足したかおしてかえってくると、かあっとさみしい気になりますね。自分ばっかり仕事をしてですの。

家の中にじっとして養うてもろうてマッボリしても楽しうも何もない。マッボリしようという気さえ起らんですね。みつ子も養子して、孫もできてこんなふうにテレビまで置くようになってですの。何不自由ないですばい。終戦になってから、湯布院の親が帰って来いというてきました。やっぱり淋しくもなったのでしょう。年も取ったろうし、養うてやるのが本当じゃ思うて炭坑を引揚げて帰ったのですよ。

けれども頑固な親は年寄っていても頑固でですのう。帰るそうそう主人と喧嘩してしもうて。おっかさんといいあいしてそのまま、またこっちへ来てしもうたとです。わたしが炭坑に残って片付けて、荷物を貨車に積み込んで、その荷がむこうに着くころ行き違いに主人は帰ってきてしまったのですよ。しかたがないのでわたしらは安川坑に行きました。九採のほうはやめたのですから。安川坑には前に上津役で一緒だった係長さんがおらっしゃって、前から俺のところに来い来いというてでしたから。ところが三カ月くらいで女は働けんごとなりました。こげなことなら、小ヤマにいくのでした。ええ、小ヤマならまだ女も働きよりましたよ。人間は働かな嘘ですばい。わたしは若いもんにいつでもそういうのですがね、若いもんは笑うとですばい。「おかあさんは古いよ」いうて。わたしはそうは思いませんばい。

組合で世話してですの。何やかやと話を聞くこともありますよ。そんな時に主人が「家をほったらかして」と機嫌が悪いとですの、酒を買うてきて飲ませることにしとります。飲ませながら、ええくそ死んじまえ！　と心のなかでわるくちいいながら酒をついでやっとります。

■　■　■

湯布院は軒の干柿のように湯布嶽のふところにやすんじている大分県の山の温泉町です。湯気のたつ小川に手を浸して、農婦は米を洗いながら、この川水はお湯なので米が生煮えのようになるし、菜は洗えないし、困る、などと嘆いたりします。この静かな温泉町の小川は筑後川の上流に流れ込み、しぶきをあげる筑紫次郎に沿って久大線が走っています。湯布院から久留米市へ向ってくだれば筑後川中流の丘陵地帯で、庭木用樹木の苗が整然と栽培されています。そして筑紫次郎はひといきにうねって筑後平野へ。ひろびろとした中農地帯です。その穀倉地帯から、まるきり捨てられたように北へ鉄道がのびています。それは緑一色の野から折れてきた枯枝のようです。筑豊へ向うのです。そののどぼとけのような峠で、いまも煤煙の多い汽車がのぼりあえぐのはいらだたしい感じです。

峠をのぼってしまえば風景は一変します。緑から灰色へ。四郡にわたる炭田地帯がひろがるのです。とがった土くれはまるきり有機質をふくまぬかのようにしろじろとしています。掘りだされた石炭は微粉をまき散らします。人びとはすっかり装飾をおとしている風景を、なおあらあらしくさせることで、ここになじもうとしています。

筑豊の冬は、かわいた美しさがあります。直線が無感動に積み重なっている感じです。この地方に散在する炭坑は幾十となくありますが、そのなかのかすかな関係をたぐりよせて、十四、五人の炭坑主婦の集まりをしたことがあります。そのとき、始終にこにこした初老の婦人が来ておられました。坑内労働の経験があることを話されましたので、冬を越してからお家までたずねていきました。

ちょうど御主人が三番方の日で、昼を眠っておられました。カーテンをひきうすぐらくした家の門口に近所の女たち三、四名がかがみこんで小声で話し、声のない笑いでのけぞっていました。私は御主人も息子さんも一番方の日にあらためてお訪ねすることにしました。

ちいさなお孫さんが、並んでいる炭坑住宅のどこからか駈けだしてきて「パパは」とおばあさんにききました。そのことばは、それまで私がえがいていた炭坑には唐突にすぎて、幾重にも折れ重っているヤマの感情が一時におそってきた思いがしました。

灯をもつ亡霊

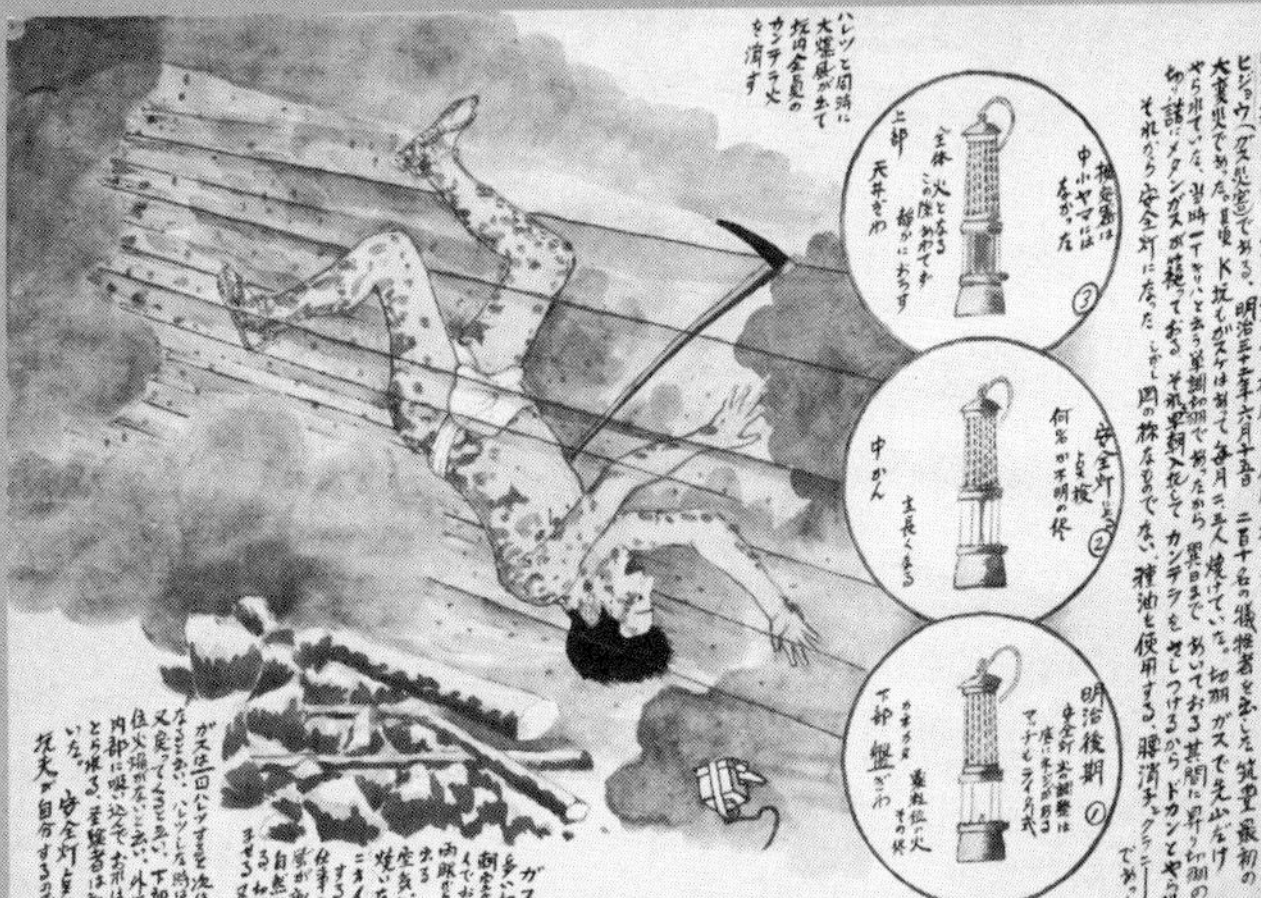

明治中期 ガスケ
ヒジョウ（ガス爆発）である。
明治三十二年六月十五日 二百十名の犠牲者を出した
大変災であった。
それから安全灯になった
ハレツと同時に大爆風が出て坑内全員のカンテラ火を消す
③
中小ヤマには無かった
上部 天井ぎわ
②
安全灯
何名が不明の
中かん
①
明治後期
下部 盤ぎわ
ガスの多い切羽は

あっちこっち、そうつきよった(うろついていた)ですたい。働かな食べられんもんじゃけ。唐津《からつ》から夫婦でこのヤマにきたんですたい。働いて働いて、いまおもっても恥かしいくらい働いたですたい。この社宅の裏の人が、

「大川さんのところはおひつ持って坑内にさがらっしゃったげな」

といいなさったが、そんなことはしていないですばい。家にのこした子どもが食べられんじゃないですか、ねえ。ちゃんと上へあがってごはん炊いて食べさせて、夜眠りもしないでまたさがらないかんこともあったですけど。そりゃちょっと口ではいえんくらい働いた。働くばかりじゃった。でも、なんぼなんでもおひつごと坑内にさがるわけじゃなかったですばい。わたしらは食べるために働くばかりじゃったから、化粧や髪形やとおもうことなどなかったない(なあ)。

筑前にきたはな(当初)は、魚の古いのが気になっての、こんなくされもん食べんな

らんとやろうか、と情ないごとござした。野菜も古くてね。わたしがたの主人の父親は筑後の東蒲池《ひがしかまち》の大百姓の出でしたたい。母親が士族の娘での、母のところへ養子にきたとですたい。士族は食われんようになって、とうとう唐津の貝島炭坑に流れてきとったですたい。そこへわたしは嫁入ったのです。おかあさんはそりゃ上品なお方で近所のひとが、

「あんな上品なお方につかえられることじゃろうか」

と、いいよりました。貝島は大きな炭坑でござしたよ。

そこが土木のことか何かで一時ヤマが中止になりましたたい。そのとき、

「大川、ちょっと視察してきてくれ。三池《みいけ》、田川、山野、伊田《いた》を見げいってくれんか。そしてどこかありつきよか(住みつきやすい)とこがあったら、坑夫をひきつれて移ってくれ」

と頼まれてね。わたしとこと、小宮、井上の三人が会社から頼まれて坑夫たちの移り先を探しにでたとですたい。わたしとこは納屋頭でもなんでもないのですばい。けど大川は人物じゃといわれとりましたから、まかせられてね。それで三人でまず三池へ行きましたげな。三池はふとうあるし、坑内もよかろうごたる(よさそうだ)。三池

の職員やら役人がでてきて坑内やら納屋やらみせてまわりましたげな。そして料理屋へ連れていって酒飲ませたり食わせたりしましたげな。

「ほんによかごたるとこですけん、ここなら辛棒でけまっしょ」

というて別れてな、そこには行かんことにしました。それはな、貝島は裸火で仕事しよりましたたい。それで安全灯のごと気のきいたもんをつかうヤマじゃ仕事しきらんじゃろうということでしたたい。

それから田川、伊田とまわって、どこででも料理屋へ連れていかれたりしてようしてもらって、「ああここならありつきやすうござっしょ」といってね、いかんことにして最後に山野にいきましたげな。そこはそう太うないけどありつきよかろうごたる。それで、

「ここはよかろうごたりますが、唐津人でもよかでしょうか」

というと、主任やらみんなが、

「よかどころじゃなか、はよ来ない。荷物はなんでん捨てんごとみな持ってきない。送り賃はぜんぶ会社が出すけん」

というてくれたとですたい。それで、うちがたが坑夫百人つれて山野にうつったと

です。ほかのひとりは、やっぱり百人ぐらい連れて田川にいかしゃった。

わたしたちが山野についたら、主任やらみんなが駅まで迎えにきていてね。家も三棟、建てたばかりにして待っとったですたい。ほんにありつきよかとこでしたの、山野は。田川もよかったげなです。主人の妹たち夫婦も人物でね。二人ながら山野で働きよったが。その子は小使いにつこうてもろて、学校さしてもろて、のちは坑長しとりましたたい。いまどもは停年でやめとりますけどの。

子どもが学校いくごとなると、炭坑をかわるたびに学校もかわらないかんから、かわいそうでね。山野から蓮華寺《れんげじ》に来たときにさんざん考えてね、そこの近くの避病院の坂のところに地を借ったですたい。岩野さんというひとに家建ててもらいましたたい。佐賀県にかえるというても地所もない。戸籍も何もかもこっちにとってしもうとったけ、ここに落着くことにしたですたい。そして働いて働いてねえ。朝三時の繰り込みですばい。

朝三時に坑口で、函につける札と安全灯を渡しござったから、それにおくれんように一時に起きよったですたい。一日働いてあがりは坑内口にきたころ、よる九時のプウがふきよった。炭車函とるのが順番ですから、一日四函するのにそれくらい坑内におらんならんですたい。四函したら本仕事たい。四函よりすくなかったら、一函が本仕事の勘定にならんのですけん。とっても働いて、そして月いっぺんよこおう(休もう)とすれば勤労課が働いてくれといわっしゃる。誰々がよこうのでかわりに出てくれんの、といいなさるのですたい。それで働きに行ってね。

月いっぺんか二へんよこわな洗濯もある、こんどは交代しようとおもってもなかなか休めんでね。一カ月いっぺんよこうか、なしか、で働いたですたい。蓮華寺の坑内は床下を這うように天井が低いです。函のいくところは背が立つけど、切羽は寝て掘らないかんだったね。水につかって掘るようなところもあるのですばい。あんまりあがるのがおそくなるときは、わたしだけあがってべんとうつめ直して、またさがりよったですたい。

仕事がおわってから、焼場のとこまで水汲みに行きよった。水がないですけ。すこし遠くて暗くて、こわいですたい。あさは早う長男起してちょうちんつけて一緒に水汲み行きよったね。夏はよかばって、冬がなあ。子がかわいいばっかりに働きよりましたたい。

その炭坑におるころ、ほかから坑夫さんが移ってきなさった。夫婦もんでしたばってん、その若いお方が来て三、四日でおくさんが坑内で死なしゃったですたい。わたしたちが行きよる切羽より先のほうだった、その夫婦の切羽は。おくさんが死なしゃったところが、死骸は焼くことは焼いたけど、仏さんは置いたままほたって（放ったまま）けつわらしゃった。一週間も蓮華寺にはおらんじゃったの。

そうしたところが、その家に女のひとがでてくるようになったというですたい。女の亡霊が。わたしはそんな馬鹿なことがあろうか、といいよったですたい。ところがほかの人たちはいやほんなこと出よる、といいますたい。

そのうち、ある夫婦が二番方に行かしゃった。死なしゃった人の仕事場よりむこうのほうに夫婦づれで行きなさったですたい。そして嫁さんは曲片《かねかた》で石炭を積みござった。婿さんは切羽で掘りよらしゃった。そしたら風まわしの戸がガタンとしたげな。あら、と思ってエブに積む積む見よったら、ぼやっとしたものが立っとりますたい。立派な絣で腰巻しとんなさる。安全灯つけてな。その腰巻でじいっとこっちみとんなさる。あの嫁さんですたい、婿さんがほたって逃げた嫁さんたい。もうびっくりして、おとろしいで大声あげて主人のところへ走っていかしゃったげな。そうして夫婦づれですぐあがってしまわっしゃった。さあそれから亡霊がでるといいだしてね。家だけじゃなか、坑内にも出るいうて評判したんですたい。

「気のせいたい、そげなこつがあるもんの」

わしらは次の日の二番方にいったですたい。十人くらいいっしょに同じほうにいくけど、ここにひとりあそこに二人とわかれて仕事するとじゃけ、二番方の坑内はひとりで仕事しよるも同じですたい。ひとが四函するときは五函しようと、わたしは働きよりました。その日も残り函とろうと一所懸命しよったですたい。むこうから実函がきたときは一本レールじゃけ、空函は横に倒さないかんでしょうが。それだもんじゃけ、実函のこんうちにと思って、空函にありついたもんでせっせと運んできよりましたたい。

そしたらむこうから、「函ぞう!」とおらんだ(大声でいった)。びっくりして、「オーライ、オーライ、オーライ!」といってね、空函を倒そうとしたですたい。ふっと気がつくとなんも来よる音はせんたい。ずうんと体がしてね。年取っとればいいけど、あんた、若かったもんじゃけぞーっとしてしもて、うろたえて切羽にいったですたい。主人が、掘りよりましたけね。

「なんか、おろたえて」

「いま、『函ぞう！』と声がしたばい」

というて話しましたたい。

「馬鹿が」

「それでもほんなこと函ぞうとおらんだがな」

「おまえ神経たい。亡霊がおるちゅうことがあるかい」

「そうかも知れん」

というにはいうたけどおとろしいですねえ、けどやっぱり神経たい。おかしいごとござすがそんときはほんにこわかったですばい。

炭坑にはひょいひょいそんな話があるとですたい。この道の先のほうに小笹峠《おざさ》いうて低い峠道がありますたい。「子を抱かしょう坂」ともいうばっての。昔は笹がしげっとった。今でも木が大きいのでうすぐらいでしょうが。むかしそこを人がとおると「子を抱かしょう、子を抱かしょう」という声がしよったげな。誰でもこわいのでよう通らん。あるときお医者がの、歩きよるとやっぱり声がした。そして女の亡霊に会うたげな。

「そげん子が抱いてもらいたいか。よしわしが抱いてやろう」

いうての、やせた赤ん坊を抱いてやりましたげな。そうすると女がよろこんでの、「ありがとうございます。おかげでわたしも成仏でけます。もう思いのこすことはありません。お礼にたいそうよく効く薬をおしえましょう」

というてな、立派な薬草を教えましたげな。それからそのお医者はの、薬草が評判になってほんにさかえましたげなです。

いろんな危い目に遭うたですけどの、わたしがたはふのようしてね。いつでももうちょっとというところで助かっとりますたい。どんな危いところでも主人とふたりで入ってやりよりましたけね。「大川でなからないかん」といわれて大仕事ばかりさせられよったですよ。空気の悪いとこにも行きよった。誰でんしきらんようなところはわたしら夫婦がいってしよったですたい。

あるとき曲片つくるけんと頼まれましたたい。曲片の天井は高くせないかんから、マイト吹かせて岩を掻き板でとりよった。うちのおとうさんがかがみこんで岩を取りよったとき、天井のおおきなボタがぐらっとかえったけんね、「ああっ」と大声で叫んだですたい。それが落ちてきたのといっしょにおとうさんが頭をすっとひいて立ちあがりましたたい。それでほんの頭の先をかすったばかしじゃった。血が氷るごとござした。

そんなふうにして、なんべんものがれとるですたい。こんなこともござした。蓮華寺に落着こうと思っとったのにそこがしまえましたたい。中止になってね。まだ大正炭坑は始まっていないときでしたばい。いまの高松炭坑が三好坑といいよった。その三好は近くにあるばって、あそこだけは行こうごとない。みせしめしますたい。そりゃむげな(むごい)もん。あそこばっかしは遊びにもいこうごとないといいよりましたけんね。それで杉谷いうてこまいのがござしたので、そこへいくことにした。そこなら近うはあるし、やかましいことはないけ、いうて行きましたたい。

そこは裸火で仕事をしよったですたい。坑口から炭がみえるくらい浅うしてね。ある朝繰込みのときに坑内係が、

「大川、断層についたときは曲片へでて、むこうへまっすぐ進んでくれ」

といいましたたい。仕事しよるとすぐ断層になったけ、むこうへぬぼう(延ぼう)といってね、曲片へでてそこから切羽をつくるごと掘りよりましたたい。

まだ炭に行きつかんから、わたしはちょっとよこおうと思って主人の後のほうにかがんどったですたい。おとうさんは裸火を尻のよこにおいて掘りよったですたい。わ

たしは裸火を枠の途中にひっかけて、おとうさんの後のところにかがんじょった。そしたところが左手のほうにぬびとる坑道から、グス、グスグス、グスグスグス、と音がしたたい。ちょうど湯がたぎりよるごたるよ。

「おとうさん、ガスが噴きだしよるごたるね」

「うん」

「蓮華寺でガスの噴きだしよったときとちがわんね、音が」

「うんそげんごたる」

「ここは裸火じゃけ爆発したらなんもかんもいうひまなかろもん」

「うん、そうたい」

といったそのときでしたたい。わたしが掛けとった火がぱっと消えた。むこうのガスが火を呼んだとたい。

「あっ!」

「あわつるな!」

そいけどあわつるもなんもなか。ばたばた這うて風洞のとこまで逃げだしたたい。

そして、

「非常ばい。はよ出らんな！」

と大声だしたですたい。

「すらごつ（嘘）いうな」

「なんがすらごつの。はよ逃げな！」

そしたらそこにいた係長が裸火をつけっ放しのままで、自分だけばい、ものもいわんで逃げなさった。それでみんなが「ほんなこっか」といって逃げ出したですたい。ほんのちょっとの間じゃったが、もう胸がどきどきしての。風通しのいいところまで逃げて後をみたら一面燃えとる。まっ赤に炉のなかの火が燃えるごと燃えますたい。ごーっと音がしますばい。あがって現場にいうたら、

「そげなことあるもんの。ここはガスの噴いたことはないばい」

という。それで主人が連れていったですたい。いっぱいの火じゃ。「こらおおごと」。夕方になってもうよかろうというて安全灯借りて入ろうとしたけど入られん。安全灯の火が長うなりますたい。ガス気のあるところは安全灯のなかの小さなほのおが長うなりますたい。そして外側の網のとこがまっかにやけてガラスの筒がばんと割れっしまいますばい。それで、いったい坑内がどんな様子しとるかみにいこうとしたけど危

うして入られん。それで主任が、

「あすの朝大川行たて(行って)みてくれ」

といいましたたい。

「はい」いうて行くつもりにしとったですたい。そしたところがその晩おとうさんが腹がせいたですたい。なんもわるかもん食べとりはせんのに腹のせいてどうもこうもならん。こげなことはめったとないのにどうしたとじゃろうかと思いよったけどしようがない。それでこんなふうじゃけといって、ほかの人にあすの朝はかわってもらうよう頼みにいきましたたい。

つぎの日になってかわりのひとと主任と現場係と、安全灯を持っていかしゃった。そして昨日ガスの噴き出しよったとこの手前のほうまでいって、主人のかわりのひとが掘りよらしゃった。ガスの噴く音はせんですたい。ところがツルの先が折れましたたい。「ツル折れたけ焼いてこい」いうてね、そのひとが自分の子どもに持たせなさった。

その子どものおかあさんは間男して逃げとったと。十くらいの男の子でしたたい。おとうさんといつもふたりで入りよりましたたい。「うん」いうてツル持って動きだした、そのとき、バン！　と安全灯が割れてね、ガスが爆発してその子のおとうさん焼け死なしゃったですたい。

子どもはちょうど動きだしていたときじゃったから、後の頭の毛がぱっと焼けただけでしたたい。主任と現場係は着物きとったから、腕と脚の出たところだけ皮がべらりとむけてね。大火傷《おおやけど》しましたたい。

主人は、あのひとに身代りになってもろうてほんとうに申しわけなかことした、となんべんもそげいいました。かわいそうにそのひとは即死ですと。べらっとボロがさがったごと皮がむけて垂れさがっとったですたい。あの子どもはどうしたでしょうかの。誰でも、

「やっぱりあんた方は信心しよっただけあるばい。なんべんも難をのがれて……」

といいましたたい。法華経信心しよりましたけ。そのときは七人火傷してひとり死んだとです。

わたしとこはそのとき子どもが三人おりましたたい。ああよかった、もしわたしらふたりともやられとったらこの子たちはどげするやろうと思うとね、ぞっとしてしもうて。ガスちゅうもんはね、なんちゅうことないとこでも急にジャーッと、噴きます

たい。

それからは裸火はいよいよいかんと思ったですの。それで会社に、

「もうこげ(こんなに)危いとこには居りきりまっせんけんやめさせてもらいます」

といいました。そしたら、

「そげいうな。安全灯ばみんな使うごとしたばい。裸火は使わせん。ガスはもう噴かんごと確かにしたけん、やむるな。やめてどげするな。子はどげして食わすな」

といいなったけど、とうとういかんいかんと押しとおしてやめましたたい。

やむるとはやめたばって、さあどうするか。その日から食べられんけんね。とうとう困ったあげくが三好坑にいったですたい。ほかにいこうにも金がないけん動かれん。三好はそげ遠くはないけ。

ようまああげなとこにいっとったと、ぞんとしますたい。寝てやっと頭がとおる低いとこたい。幅もひとがひとりとおれるだけばい。まっくらな地のそこにそげな道があいとる。安全灯を頭の先にずっと押しやるでしょうが、そしてずるずると体を腕で漕ぎあげるたい。紐で体にスラをくくりつけて引いとります。頭を横しにしてそげして這いながら炭を出しますとばい。びしゃっとくればそれまでたい。奥のほうはガス

気がありますたい。それで安全灯の火が長うなる。長うなると体の下にじいっとかこっておきますたい。ふところに灯をいれとるとやっと細うなる。そげして仕事しますと。神さまのおかげじゃろたいなぁ、怪我ひとつせんやった。そげな所で働いとっても会社やめるとき一文《いちもん》もでん。やめてくれ、いわれたらそれまでですたい。

女も男と同じごと仕事しよったですばい。こげな太か坑木でも何十間とかたげてきて、枠つくりもする。上の梁は鉄ですけ、函をおいてその上に乗って鉄枠をささげあげますたい。おとうさんとわたしとでそげして交代にしよりましたと。わたしら夫婦の腕はたしかじゃいうて、ひとのようせん仕事ばかり頼まれましたたい。頼まれればなんでもしよりましたたい。

女のほうが力がないということはなかですばい。仕事は同じことじゃ。「きんにぎりのおばさん」と綽名のついたおなごしゅがおりましたたい。男でん持ちきらん大石でも、そのひとは目より高う持ちあげますたい。体中から汗がふいて開いた股から流れおちますたい。そりゃ見事なもん。それだけでもおもわずそこをみる。若い男でも、マブベコが短いけ、ぽとぽと落ちてくる汗をびっくりして見ますたい。

「何ばてれっと見ちょるか！」

というたかと思ったら、石をおろしてそのまま若い衆の前を力いっぱい握りますたい。それで男は息もでけんごとなって坑外へ這いでてそこでばったり倒れてしまうとですばい。だれでん風呂のなかで笑い話にしてはなしよった。あのきんにぎりのおばさんにゃかなわんいうての。

ところがそのひとの婿さんが女つくってけつわりましたたい。そのおばさんは、ばったり病気して毎晩大声で泣きよりましたげな。そしてころっと死んでしもうた。その納屋にまた人魂がでるいうて評判のありましたたい。ほんなことかどうかわからん。けど、きんにぎりのおばさんも、人魂になりとうはなかったでしょうたい。子どもはおらんじゃった。

女は男よかよけい仕事のでけても、勘定は男の八分方ですばい。ばからしいですたい。主人とふたりでうちうちでいくと、働いたしこはみなうちがもらうとばって、よその男といくとよけい働いても働いたしこ女の分も男が金をもらいますたい。

子どもはこげな仕事はさせちゃいかんと思ってね、それで一所懸命はたらいたですたい。それがこんどの戦争でとうとう一番末の子だけ炭坑で働くごとなって。わたしがくやみますたい。息子が、

「なんばくやむことがあると。炭坑もかわるとばい。いつまでも昔と同じじゃないとばい。そげ気になるなら一ぺん坑内を見にくるといいが。それよりか昔の話ばしてくれんの。炭坑の歴史を書かんならん」

といいますたい。本を書いたり炭坑の歴史じゃい何じゃい知らんばって、映画作ったり(八ミリ映画で『炭坑』というのです)しよりますたい。あげなふうですからなんぼか気が安まりますばってね。わたしの妹の子は博多駅長したこともあるし、いいくらししとりますけん子にすまん気がしますたい。おまえばっかり貧乏くじ引かせてすまんねと息子にいいますたい。それでも家のくらしも昔とちがって女は結構なもん。わたしがたでも電気洗濯機つこうたり、テレビおいたりしますけね。

伊藤伝右衛門さんの大正炭坑がはじまったからすぐそのヤマに移りましたたい。そこは、はな(はじめ)から住みよかとこでした。規則がやかましゅうないでね。それでずっと住みましたと。女が坑内に入られんごとなっても最後まで残してもらって働いたですたい。

一番あとは女はたった三人になったですたい。男ばっかしのなかに三人でね。それもいよいよ出られんごとなるまでおったとですばい。主人は、

「おれは体が弱いけ、おまえがやめたらほかの人と組んじゃいききらん。どうしょう。やめようか」

といいましたたい。

「よかろう」

わたしはいいました。

「何して食べていこうか」

「心配しなさんな。地獄に入っても食べるだけのことはうちがするけん」

その日の晩に新手《あらて》の小林さんとこ行ったですたい。

「小林さん、女は坑内にいかれんごとなったけ、仕事ばさせて貰えんでっしょか」

「ああよかよか、おなごでん誰でん働きたいもんは働かな。心配せんちゃよか明日から来ない」

といってくれたですたい。小林の仕事といやね、半日しか持たんといわれとった。持たんことがあろうか、地獄じゃあるまいし、と思ったね。どげなことがあったっちゃ、うちは子をふとらかさずに(大きくせずに)おこうか。やっちゃるからみとれ。そう腹いっぱい思ったね。がんばったですばい。そこは坑外の仕事でね、夏のさかりだったたい。朝鮮人がいっぱい来とった。みんないい人ばかりでね。それまで朝鮮人は馬鹿とかすぐ喧嘩するとかひとがいいよったが、ありゃ嘘ばい。あのひとたちが、「おばさんには感心する。ようがんばるなあ」といいよりましたたい。ばってね、考えてみなさい、働けるとじゃけ働かな。末の息子の嫁も選炭にずっと出とりますたい。働いたっちゃこげ貧乏ぐらしばって。このあたりじゃもう働こうと考えとる女はおらんごたるですの。ぼんやりしとるよか働くがいい。

小林のところで働いとるうちに上の女の子も小学校でるごとなりましたたい。それでわたしとふたりでまんじゅう作ったりもしました。店をその子にまかせてまたわたしは仕事に行ったりね。そのうちおとうさんが死にましたと。ほんに人物でしたたい。みんなから大川大川といわれてね。貧乏な一生じゃったけど一銭金ひとつひっかける人間じゃなし、人から惜しまれる人物じゃったとがしあわせですたい。なんかことがあれば大川いうて相談にきよりましたたい。

けど、あの人もようなが(よくない)くせがひとつあったとばい。それは酒好きなことですね。ひとりで飲んだり飲み屋で飲んだりするのは好かん。みんな来い来いというて家で飲ませよったですたい。みんなで一日に八升から飲んだことがありますばい。そして、あのころ弁天座に芝居がかかりよったけ、見に行くのが楽しみでね。一人で三坪ばっかり座敷を買うとですばい。

「うちとここにこげいらんじゃろうもん」

「いや、知ったもんに坐らせるとじゃ」

いうてね。知り合いがおったら呼びよせて飲みながらみよりますたい。

あるとき、よか芝居がかかったけんいこうというたばって、おとうさんだけ見げやりましたたい(見に行かせました)。もう芝居も終ったころと思うのに帰らん。どうしたとかと心配でね。あんまりおそうなるけん、こりゃ何ごとかあっとるばい、と思っとるとき「おーい、おーい」いう声がしますたい。まあ酔うて来よるばいと思うて出てみると、びしょぬれですたい。

「まあどげしたな」

「うちが帰ってきよったら道がわからんごとなったたい。どげしてもわからん。うろうろしよって、川のなかに落ちたとたい。あがろうと思うけど上り坂がないたい。とうとう川のなかをざぶざぶ歩いて、やっと上り坂見つけて上ったとたい。そこはむこうの村んなかじゃった」

一里からむこうの村から帰ってきとるとですばい。翌朝よく聞きよるとまるで狐にばかされたごたる話ですたい。

「そげ狐にばかされるごと酔うてどげするな。誰と飲みよったと」

「それがおまえ芝居役者と舞台の上で飲んだったい。役者が喜んでねえ、こんど来るときにはうちがたへこんな、というと、うん、こんだ来るときはきっとおまえがたへ寄るというたばい」

「なんちいいよるの。ぶらぶらする人間どんに来てもらうことはいらんばい」

といったですたい。ほんによか人でござした。

■　■　■

「あの先の店に片脚切れとるおばあさんがおらっしゃるですたい。あの人が昔坑内にさがらっしゃったというこつですばい。行ってみなさらんか」

と通りがかりの婦人から教えられました。炭坑住宅にほど近いその小店に行ってみますと、おばあさんは石切り場で働いていたのだということでした。石の積みだし中の事故で片脚切断という重傷を負っておりました。おばあさんは、

「わたしの妹がすぐそこの洋服屋の隣りにおりますたい。あれがさがりよったけ行ってみなさらんの」

とお嫁さんに案内させてくれました。

あいにくその家のおばあさんは畠にでられたあとでした。夏のさかりでしたので、朝早く、それはもうどんなに早くてもいいおいでなさいと、留守番のお嫁さんの話です。で翌朝を約してでなおしましたが、そんなふうに転々としているうちに、

「古いことを知っとるもんはすくのうなりましたの。わたしらよりもっと古くからおらっしゃるとはあそこでまんじゅう屋しとった人がそうじゃと思うがの」

とある婦人がいいました。名前も知らんがたしかあの人はむこうの山の神さんの前の社宅に、いま住んどってのごたる、という言葉を頼りに天満宮社宅といわれる丘のうえの炭坑住宅街へ行きました。そこでおききしたものがこの章の話です。

元気な男のお孫さんがかけ上ったりとびおりたりする玄関口に腰かけて話をうかがいました。たたみかけるような早口のなかに、聞き手のおもわくに拘泥しない気

魄がとびちっていました。話をしているうちに、ふとあることを思い出しました。それはいつぞや某炭坑で戦前の坑夫たちの座談会に加えてもらったとき、ある活動家が、

「あんたなわばり荒しをするのう、しょうがないたい。うちのおふくろも紹介してやるけん、来ない」

といっていたことでした。彼は『炭坑』という自作の八ミリ映画もみせてくれました。ひょっとしたら彼のおかあさんではありますまいかと尋ねますと、

「ああ、あの子の知りべの方ですと。そげんですか。あの子もしょっちゅう昔の炭坑のことを聞きますたい」

と、にこにこなさったのでした。そしてまたひとしきり息の長い話がつづきました。私はすこし健康が弱っていましたので、話を聞きながらときどき気がとおくなっていくのを、柱によりかかって堪えていました。ばしばしとよどみなく小柄なおばあさんは話しました。

まっくらな地底に対する後山たちの抵抗は、せっぱつまった環境のなかで集団のモラルを生みました。それは意識的で能動的なものと、反射的で受身なものとがありま

した。主として後者の心理のなかから坑内特有の奇妙な話が生まれました。坑底の暗黒は後山たちの心のなかで二重になっていたのではないでしょうか。農婦であった母から受けついできている異質な世界への恐怖が、下塗りになっている暗黒です。農婦はそれを彼女らの感覚の次元でときあかそうとして、隣り村の狐という類の創造物をそだてました。そうした村での暗黒は祭礼につながっていますけれども、その感覚を編みかえることもできずに、後山たちは地底の暗黒へ入っていきました。今日このごろでさえ、そして労働組合の幹部でさえ、会社の提案を受入れるべきか否か、霊験あらたかな神さまにうかがいをたてたりしているのです。

二重になった暗黒からさまざまな迷信や奇妙ないい伝えが生まれています。これらを合理性で片付けることなく、こうした話の根を掘っていけば、労働者が切り開いたあたらしい意識構造へといきつけるのではありますまいか。坑内での話のひとつを書きとめておきましょう。

――ある若い先山がひとりおくれて坑道をのぼっていました。途中でみなれぬ後山に会いました。白足袋をはいた美しい娘でした。おやと思うと、むこうも心持ち微笑します。つぎの日も同じ時刻に会いました。古洞でふたりは人目をしのんで会うようになり、古洞を出れば別れてそれぞれ地上へあがりました。

こうして坑内妻の数カ月が経ちました。やがて一年になろうとするある日、妻はたのみました。わたしは一人娘なので嫁にいくことはできません。あんた、うちへ養子にきてくれないか。父や母もよろこぶでしょう。わたしも別れるときがなくてどんなに嬉しいかわからない。きっときておくれ。

もちろん彼は承諾しました。その日がきました。彼は教えられた家をたずねあるきました。とある傾いた草屋が藪かげにみつかりました。彼は来意をつげたのです。この男の話をきいていた老夫婦は息をのんでしばらく顔をみあわせていました。が、父親が膝を正すとおもたい口調で話しました。

「今日はあの娘の命日でござすたい。坑内の事故で死にましたと。あんたの話を聞いていると、わたしらには嘘とは思えん。きっとあれが、自分の気持をわたしらに伝えたとでっしょ。ありがとうございます。情をかけてくださって、あれがどげよろこんだか、わたしらにはようわかります。どうかこれから先も娘のことを忘れんごとしてやってつかあさい」

坑夫はかたく契ったのだからと、辞退する老人にたのみこんで養子縁組をしました。

そして娘にかわって親たちのめんどうをみてくらしましたが、それ以来どんなに坑内を探しても彼の妻に会うことはできませんでした――。

のしかかる娘たち

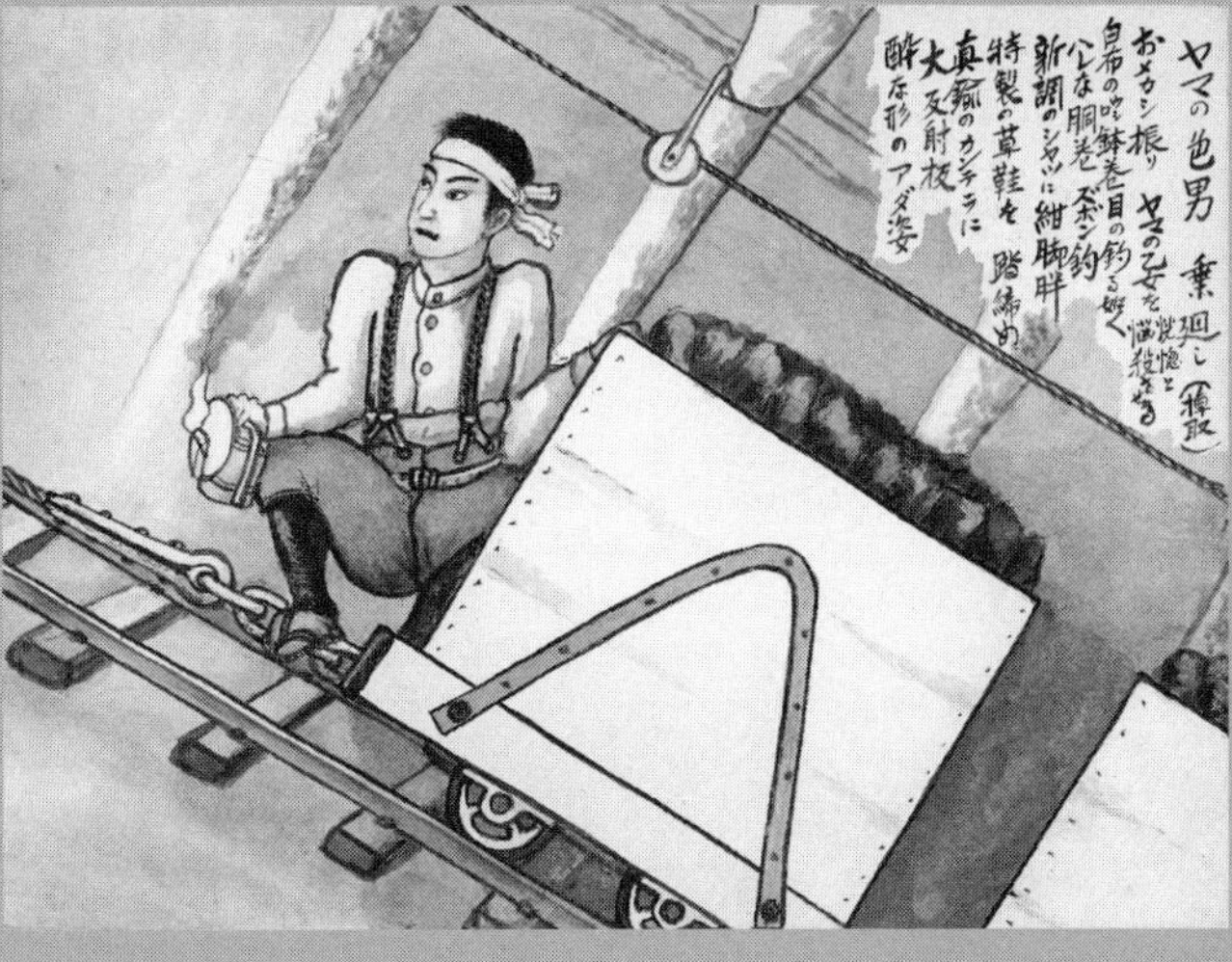
ヤマの色男　乗廻し（棹取）
おメカシ振り　ヤマの乙女を悩殺させる
白布の喧嘩鉢巻目の釣る如く
ハレな胴巻ズボン釣
新調のシャツに紺脚絆
特製の草鞋を踏締め
真鍮のカンテラに
大反射板
酔な形のアダ姿

だれでもそんな気持になるとおもいますけど、坑口に立って坑内からつぎつぎに函があがってくるのをみていると、なかがみたくてね。どんなになっとるのかしらん、地の中で人間が動きよるのは、どんな工合なのかしらん、とたいそうな所のような気がしてね。子ども心に早ういきたくてなりませんでしたね。

わたしは子どもの時分からこの新入《しんにゅう》にいますけどね。大正二年か三年でした、入りましたよ。十五の年でした。十六からしか入れん規則でしたけど、募集人に無理をいってね。「人に聞かれたら十六といわなつまらんぞ」といわれて坑内にさがったのがはじめて。

暗いとわかっとったのに、暗いのにおどろきました。こわかった。自分の灯が消えたら闇夜どころじゃないですよ。とても夜の暗さじゃ勝負にならんですね。そして坑内は枝がしげるように十五片とか四十片とか叉になって坑道がひろがっとる。どこまで広いのかわからんという感じで暗闇がありましたよ。古洞といって、もうずっと昔に掘ってぜんぜん使わんようになった坑道もあります。水が溜まっておそろしくて危いですよ。

そんなところでしたね、坑内は。母親といっしょに新入四坑に入りました、さがりばな(入坑したてのころ)は坑内の日役《ひやく》でした。ボタ片付け、車道の整理なんかです。函からこぼれた石炭やボタが車道に散らばってると危いですからそんなものを片付けたり、お茶を運んだり。それで一日十八銭もらいよりました。

こわかったのも慣れてくると、坑内で唄うとうてるのについて、唄うたいながら仕事するようになりましたよ。唄ですか。

　七つ八つからカンテラ提げてナイ
　　坑内さがるも親のばつ

というんですよ。

この唄が一ばん多かったですね。たいがいこればっかりうたいましたよ。うたって叱られるということはありませんでしたね。それで友達といっぱし仕事をしよる気分で唄うたいながらしましたよ。そうしてるうちに友達が、

「こげなことしよって、日役ばかりじゃつまらん。セナ(背負籠)ばしょうい」

といいだしてね、それでセナでかついでいくのをならったんですよ。前と後に籠を天秤棒でふりわけてかつぐんです。それもほとんど背中でかつぐのですよ。しゅもく(支木)という短い杖をついてね。天井が低いのでまっすぐ立って歩けませんからね。そしてはじめて二十銭もらった。それから二十二銭まであがりましたよ。父が心臓が悪くてね、坑内にさがらんずくです。母とふたりでさがりよりました。

そのころの友達が五、六人いますよ。やっぱりこの炭坑に。なんといっても昔の友達でなからなつまらんですね。おっ！　というだけでわかりますからね。ええ、いまでもちょいちょい会ってはなしますよ。昔のほうがおもしろかった、といってね。わたしたちは坑内にさがっても娘友達が多かったから、男なんか手だまにとって悪いことしよりましたよ。ははは、おもしろかったんですよ。男つかまえてね、四、五人かかって足と手とくくっておさえつけよりました。馬のりになって。そして車道にくくりつけとくんですよ。わたしたちにつっけんどんにものいう男がおりますでしょう。

「畜生、あいつ生意気ばい」

「よし、やっちゃれ、ぎゃふんちいわさな。あげなもんにいばらしとっちゃいかんばい」

そういって隙をねらっとくんですよ。若い男でもまっくらい坑内で車道にくりつけて放っておくとふるえ出しますからね。

「助けてくれえ、助けてくれえ」

と本気で叫びます。

わたしの生まれは広島ですから、広島ことばまるだしでね、やりよりましたよ。娘時分は瘦せて背も高くありませんでしたけど、気が立っていましたからね。やりたいことをやりましたね。その割に友達からかわいがられましたよ。ひとりほったらかされるということはありませんでした。一日の仕事が終るころ、娘ばかり呼びあってあがります。

「はよやめんか、とんちゃんあがるぞう」

とむこうのほうの切羽から声かけてきます。

「よし、待て待て」

といって急いでいきます。それからまた悪さしますのですよ。

切羽から坑口までがとても長いんです。四十分くらい歩かないかんのですよ。それでね、炭車函は蒸気捲であがりますから、その炭車にのってあがるんです。その計画をたてといて、函の係りの棹取《さおど》りを車道にくくりつけるんです。そして有無をいわさんでのりますと。もしわたしらがのったことをばらしたら必ず復讐するぞ、とすごんだりしてね。函にぶらさがるんです。股に灯をはさんで、顔をふせてね。ええ、のっちゃいかんことになっとりました。

棹取りはそれでよかったんですけどね、二、三回するうちに誰かがかくれてみてるのがわかったんですよ。途中ですれちがっても暗いので函にのっとるいうことはわかっても誰がのってるか分らんのです。そして坑口の手前三百メートルくらいのところまでのっていってとびおりるんですよ。それから人道をとおって外へ出ていたんです。ところが誰かがかくれてうかがっとる。二十八片の車道は曲っとりましたが、その曲っているところに誰かかくれとる。はじめはわからなかったんです、暗いから。ところが四、五日目になにか首にべちゃっとした。ひやっ、とおもったですねえ。そのままあがっていつもの所でとびおりて験《しら》べてみると、首すじにしろがついとる。友達もみんなついとるんです。しろというのはね、石灰をといたものなんですよ。仕繰《しく》りは間取《けんと》りというて、坑木にしろをうって測量していくんです。そのしろをひっつけとる。「このままあがったらやかましい、洗おう」といってね、坑内の水でじゃぶじゃぶ洗って、ええ着物を。そして知らんふりして上ったんです。ほかの坑道の函に乗っていた者はやかましくいわれよりました。

それであくる日からは、わたしたちは頬かむりして乗ることにしました。坑内で頬かむりはいかんと迷信みたいなことをいうひともいますよ。夢見やらそんなこと気にしていちゃ坑内仕事はできませんよ。でね、頬かむりして着物を裏がえしに着て、あいかわらず灯を股にはさんでぶらさがってあがりました。もちろんしろをうたれました。いつものところでとびおりて、あたりまえに着替えてあがりましたが、なんのことなかったですね。

そしたらある日ね、山下という事業方がね、坑内で仕事しよるときでした。

「おい、おまや函のってあがりよろが」

「いいや。知らん」

「背中にしろがついとったろ」

「どうしてや」

「おまえじゃろちおもう、おまえにちがわん、勝手なまねするな」

それを聞いていた仲間の一番年とった娘さんがね、山下が、おぼえとれとすてぜりふ吐いていったあとでした、わたしは敏江という名ですけど、

「とんちゃん、山下つかまえてぎゃふんちいわしちゃろ。いばりやがって。えらそうにぬかしやがる」

「よかろ」

事業方というのはね、坑内には坑内主任、事業方、小頭といるんです。坑夫を監督するんですけどね、偉そうにしとります。坑内唄にこんなのがあるんですよ。

文句ぬかすとセナ棒でどたま
　さらし手ぬぐい血で染める
おれもなりたや小頭さんに
　いつもささべやで寝てござる

ささべやとは坑内の事務所です。そこに事業方やらが集まって、煙草なんかをすいよります。棹取りは函を捲きあげたり、から函をわたしたちにまわしたりするのが仕事です。いつも自分の気分次第で函をあやつって、気にいった女に先にまわしてやったりね、いい気なもんでした。生意気な奴じゃと娘心におもっとりました。それで棹取りをやっつけたり事業方の鼻をあかしてやろうと思ったりでね。

それでつぎの日、山下がいつもくる時間にさっさと仕事をやめて、五、六人の友達とあがっていきました。おおきな声で唄をうたって十時ごろあがりよると、むこうから山下がさがってきよる。

「のそん(早引き)しよるか、ばかもんが」

「なんがのそんえ。きのうの四時に入っとるのに。函もろくろくさげんな、人を監獄行きみたいにこき使うて。ふとい面するな」

「なんや敏江！　もういっぺんいうてみ」

「ああ、いっぺんでも二へんでもいうよ。うちらも人間いうことを忘れるな」

殺気立ってめいめいがつめ寄りました。年上の娘が山下の灯を叩きおとしました。それを合図にわっとセナ棒でなぐりつけ、ねじふせ、あっという間もなかったですね。

ねじあげた手をしばって足をぎりぎり巻いて、車道のうえにどすんどすん土衝《どつ》きました。車道は痛いですからねえ、レールや坑木やボタやごろごろしとりますから、さすがの山下も、

「こらえてくれ、こらえてくれ」といいました。

「函にのせるか」

「のせる」

「なぐらんか」

「またからせん、こらえてくれ」

「なんいいよるか、おまえどんは死ぬような目にあわせるじゃなっか。誰でん痛いちゅうこつがわかったか」

もうやめてやろうか、とひとりがいえば、なんのこれくらいでこいつどんがこたえようか、と土衝きました。

娘といってもみんな一人前にセナ担って仕事ができる者たちですから、力でも強いですよ。坑内の仕事は男と女の区別がないようになんでもしますから。それに娘たちはみんなしゃんとした気分でした。どんなことにでも堂々とむかってやる、こい、と

いう気風でしたね。今ごろあんな娘たちいませんねえ。思いっ切りやりました、なんでも。悪さしましたが、「負けられるか！」という気持でしたよ。

このごろの娘はふうせんのようで頼りないですね。あのころのわたしたちの気分をさがそうとしてもありませんね。せいぜい土方ですよ。それも大層ちがいますけどね。ニコヨンの女たちのなかには少しあの気分はあります。さみしいもんですね。戦争のあとよけい女はつまらんようになりましたよ。かざりたてることしか知らんようになってね。

山下を土衝いてつぎの日でした。わたしたちは坑内主任の岩野さんによばれました。

「おまえたち山下を土衝いたげなの」

「あげな者は叩き殺したっちゃ罪にならんよ。人間を馬のごと使いやがって」

「そげいうもんじゃなかばい。娘の子は娘らしくせな」

「おなごですばい」

「娘ちゅうもんはの、土衝いたりしちゃでけんばい。よか、おまえどんの気持は俺がわかっとるけんもうよか、またから男ば土衝かんごとせ」

「山下は生きとっとですか」

「おい、もうほたっとけ」

岩野さんは五十くらいのおじさんでいい人でした。やかましういわれれば、くそ、と思いますけどね、こんなふうに出られると反抗できません。ささべやをわたしたちが出る時誰かが、

「おい、いいかあ、ありゃ、あんなり黙っとっていいかね」

といいました。

「岩野さんの顔を立ててやろう」

わたしがいいますと、

「山下をもういっぺん土衛こう。またからせんとかなんとか泣言いうて、岩野さんになきつくちゃ根性がくさっとる」

「ほっとけ、娘らしくせいといわしゃったろもん」

「おい、とんちゃん、おじけついたな」

「いや、おじけをつきゃせん、みとれ山下はもうなんもしきらんよ。またすりゃそんときやろう」

そんなふうにいいながら仕事にとりかかりました。

仕事は腹いっぱいつらいですがね、負けん気だしてやりましたよ。ぐずぐずしておれば生きられません。男でも女でも。函なぐれといって、函がすくなくてね、函取るのが大変でしたよ。捲立から函がはしってくるのを待っとって、とおくから手拭いをひっかけたり安全灯をかけたりしてね。競争で自分の切羽ちかくまでもっていきよりましたよ。入坑するときは、途中で函にとびのって函にはいってさがったりね。元気にまかせて仕事しました。こんなに低いところがあるんですよ。手拭いの丈くらいの高さ。這って炭をとるんです。そして手前のほうに引きだしてセナに積むでしょう、かがんでやっと歩けるくらいですからね、調子つけてひょいとかがんで、丸くなった背中でセナ担っていきよりましたよ。ちょっとしてみましょうか、こんなふうに膝を曲げてね、背を丸めてね、杖の短いのをつくんです。一尺くらいの。ひょいひょいひょいと調子つけて、走るようにして行きもどるんですよ。

十七くらいのときでした。母といっしょに採炭にいっとりましたが、四十八片が爆発しました。ちょうど函を取りに捲立までいったときでした。風のかたまりがハッときて吹き倒されそうになりました。

「ガス爆発じゃあ、あがれえ！」

みんなばたばたあがったですね。二、三百メートルあがったけど、べつになんということはない。四十八片のひとたちみんな捲立に函とりに出とったから怪我はなかったけど、安全灯の灯がともらんのですよ。

そのくらいのガスでもたいそうな風あたりです。やっぱりそのころでした。三十七、八の女のひとが落盤で死にました。頭がびっしゃげてしまって。おおきな音がしたので飛んでいきましたが。胃が切れてね、さっき食べたばかりのごはんつぶがぱあっと散りとんでる。まだそのままで血にぬれとる。つらいですねえ。どうしようもない気持です。幾度もそうしてひとが死にました。頭のうえが、だりいっ、ばりばりっ、と奇妙な音になりますとね、出ろ出ろとみんな走りでよりましたよ。

そんなふうにして坑夫が死にますでしょう、死んだときはたいていそのヤマで土葬します。炭坑へでてくるものは、村におられんように食いつめて、畠も家もなくしてしまっていますから。もういよいよというところまできて、死んだとおもって出てくるのですよ。それで骨をところ(郷里)へ持って帰ることもすくないんです。わたしはいまの主人といっしょになって小ヤマにもいきましたが、山奥になれば届出もしませんね。籍のないものも多いのですから。坊主なんかきません。

わたしは十九で、いっぺんも会うたことも見たこともないひとといっしょになったんですよ。そしてしばらく新入にいましたけど、深坂《ふかさか》いう小ヤマにいきました。あそこはスラでしたから、受けスラといって頭で受けるようにして引いたり、むこうびきにずるずる這いながらひっぱっていったりしていました。そうしているうちに、ひょいとその男は水非常(水没)で死にました。二年しかそうとりませんでしたね。それじゃあ情も深くはならんですよね。十九やそこらじゃね。男がうるさいくらいのもんでしたから。

そのひとは鳴りもんが好きでね。わたしも今は唄うたったりラジオを聞いたりするのが好きですけど、そのころはそうじゃなかった。鳴りもんは好かんやったんですよ。好かんというよりも生活に余裕がないもんで、気持にも鳴りもんをきくくらいの余裕がなかったんでしょうね。

その男は三味線、二丁太鼓、ハモニカ、大正琴、尺八、バイオリン、なんか弾くんですよ。なんでも弾きこなしよりましたよ。三味線は二日ならい行って三つ覚えてきました。安来節。さのさ節。木曽節。琵琶がないだけでね、そんな鳴りもんをつぎつぎに集めます。古ぼけたのをどこからか手にいれてよろこんでかえってくるのですよ。

そして上におるときはしょっちゅう弾いとる。わたしがおこりよったとですよ。「やかましい。土手のほうさへいって鳴らしない。やっと坑内からあがったとおもったらベンベンベンベン鳴らして。頭がいたいわい。鳴りもんどころじゃないよ」そんなことといって土手のほうへ追いだしよったのですよ。かわいそうなねえ。二十三の青年でしたからね、上にあがってほっとして鳴らしよったのでしょうに。しんから好いとったとでしょうね。金がなくなるとそれをすぐ質にいれてね。なんもかもいれてしまって、もうなんもないと、ひしゃくに三味線の糸をつけてそれはうまいぐあいに弾きよりましたよ。誰でも鳴りもんの天才じゃといっていました。いまのわたしだったらよろこんだでしょうにね。祭りのときなんか、二丁太鼓たたくのにやとわれていきよりましたよ。ぎゃっともいわずに一日中たたいて気持よさそうでした。碁は一級で炭坑の青年に教えよったし、野球は選手でキャッチャーしよりました。若死ですたい。

それからわたしは四国の高松に奉公にいきました。四国では、「九州のひとはごついからこわい」といいよりましたよ。九州のひとは、ものいいは荒いですけど、それでもどこででも通ることばを使いますよ。けど四国はね、なんといいよるかよく分りませんよ。「とってください」ということをとっていたといいますからね。奉公先でわたしは面くらいましたよ。何もとっていないのに「とっていた、とっていた」というでしょう。「とりません」というと、「とっていた」という。そして腹立てるんですよ。主人がでてきて、

「ああ、この人は九州からきたんだから、むこうのことばのほうがほんとうじゃ。とってくださいといわんから通じんとじゃ」

といってわたしの肩もってくれたんですよ。驚いたですね。それに九州のひとは人なつっこいですよ。よくお茶を汲みますね。ひとの世話したり。四国はそうじゃありませんね。あんまり茶をすすめたり飲みあったりせん、わたしは九州人のほうが好きですね、さらっとあっていい。

そして高松でいまの主人と恋愛でいっしょになりました。主人も九州から奉公にきとったのですよ。そして炭坑にかえってきたんです。主人が仕繰りでしたから、後向についていきよりました。十二尺のこんな坑木でもかついでいきましたよ。坑内で流産する者も多いですすねえ。なにしろ傾斜のひどいところを荷をかついでのぼり降りしますから、わたしも二回流産しました。いいえ別に休むということもないですねえ。

綿とか晒とかもっているものはいやしません。赤ん坊が産まれたら、ボロになった着物にくるんどくんですから。流産すれば、わらじでも新聞でもあるもんをつっこんどく、というのが普通です。そして変らんように働いとる。

子が生まれると個人の家になんぼか出して預けよりましたよ。子が育つあいだに親はなん回かけつわったり。それをみつけだされて叩かれたりね。事務所の土間に坐らされている親のそばでぎゃんぎゃん泣きよります。母親にすがりつこうとするのを蹴ったりしていました。そして父親も母親もステッキで気絶するまでたたく。けつわりしよったから、みせしめにするということを片仮名でおおきく書いて首にぶらさげてね、事務所の前に坐らせます。その横で泣きわめいたり気が遠くなったりする子どもがかわいそうで、とても見ておられません。見つけだされた者は仕方なしに働きよりました。でもくらせんものはくらせやしません。死ぬような目に逢わされてもまたけつわるんです。こんどはわからんように逃げよりましたよ。

話があとさきになりますけど、大正七年ごろだったとおもいますよ、はじめて朝鮮人が新入にたくさん入ってきました。そして、暴動を起しましたよ。ものすごかったですね。抜き身の日本刀をふりまわしてね。ドスをふりあげて追っかける者、日本刀をひっさげて逃げまわる者で危くてちかよれませんでした。だいたい炭坑に刃物はつきもののようでしたがねえ、あんな騒ぎは……。

はじめは朝鮮人どうしが喧嘩していたんですよ。それを日本人がとめよったけどとまらずに暴動になりましたね。しまいには日本人も交っていましたよ。後からばっさりやられた、けど綿いれ着とったから体は切られんじゃった、などという話をする者がいたりね。寒い時分じゃありませんでしたよ。要心のために綿いれ着込んでいるのです。夜も昼もぶっとおしにさわいで、三日くらいつづきましたよ。米は五十銭からして高い時分でした。

そのころは、あっちこっちで暴動があってね。米騒動もありました、炭坑は米騒動じゃないですけど、さわぎがありました。わたしの友達が田川の大峰《おおみね》におったですけどね、やっぱり七年の八月ごろ暴動があった話をしよりましたよ。小倉《こくら》から兵隊がくり出してきたそうです。銃殺された人もいますよ。あやまって殺されたりね。「なんか、なんか」といって走ってみにでよるのに、暴徒とまちがわれて撃たれたりしていたといってましたよ。ひどいもんです。

若松でも騒動があってね、米屋は店のまえに酒樽ぬいてひしゃくをつけとったそうですよ。走りまわって騒動しよる者たちが、がぶのみしてはまた家をうちこわしにならだれていきよったそうですからね。巡査が坑夫たちの背中に墨でめじるしつけとってね、さわぎがおさまってからつかまえたのですよ。若松はゴンゾーといって沖仲仕が多かったそうですけど。瓦なんかでたたいてまわって。たいへんなころでしたよ。

ちょうどその時分だったとおもいます、スペイン風邪がはやってね。まんまるい子どもがころころ、ころころ死にました。スペイン風邪やコレラが出てねえ。おそろしかったですよ。そのころは若い男や女がヤマのちかくの道なんかあるいてるとねえ、「おいあんちゃん、あんた働くんじゃないか」なんていって近寄ってくる者がいました。炭坑の募集人です。働くといえば近くの一膳めし屋に連れていって飲ませ食わせします。募集人もいっしょに飲み食いして、そして連れていきます。支度金がわたされてそのヤマに居つくのですけど、たまにはお金をもったまま消えてしまう坑夫もいたりしてね。募集人の飲み食いした分もちゃんと坑夫の負担になって勘定から差引かれます。そんなところはぬけめはありゃせんですよ。

わたしの息子ですか。いま坑内に入っているんですよ。じぶんが入っているときは気をつけていますからいいんですが、子となると気になります。どうにも防ぎようがない非常があったりしますから。一昨年（一九五九年）の暮に新入でガス爆発がありました。ぜんぶで二十七回もつづいてとうとう水没させて消したんですよ。二十三人死んで九人が火傷をしました。まだ遺体の収容はおわってないのですよ。きのうも白骨になってあがんなさったのです。そんなふうですから子のことは気になりますね。

■　■　■

びっしりと両側に並んでいる小売店のまえには、卵一個をいつまでも選んでいる女たちがむらがっていました。ゆたりゆたり動いていくそれら買物客のあいだをまがりくねっていきますと、赤旗を掲げた新入炭坑労働組合の事務所がみえました。そこに一昨年末のガス爆発の折の生存者のひとりが、数日前から出勤しておられるはずでした。［一九］五九年十二月二十一日に第一回の爆発があり、二十二日午前二時二回目の爆発、そして引きつづき二十数回の爆発をみたのです。救援隊が二回目三回目の爆発にあい危険で入坑もできない状態がつづいた末、結局は水没させることで爆発をおさえたのでした。私がたずねて行きましたのは六〇年の五月でしたが、まだ遺体の収容は終っておりませんでした。死亡者二十三名負傷者九名で、まだ入院中の方々もありました。

死亡者の氏名年齢職種その他が大きく書きつらねてある労働組合の事務所は、いままた遺体があがったとかで席についているものは少なくざわめいておりました。遺体はもう誰とも判別がつかなくなり、わずかに革バンドの焼け残りやキャップで推定せねばなりません。

そのとき私は水没・ガス爆発・落盤というような坑内事故の体験者をおたずねしながら二、三のヤマをまわっていました。そしてそのような人々のまわりで、これまた幾度か坑内事故に遭遇したかつての後山たちに逢いました。そのなかのひとりがこの章の話をしたのです。

この六十にちかい婦人はたっぷりした肩幅と、色白いのどかな容貌をしていました。某所の監理人兼諸雑用をうけもって夫婦で住みこんでいました。わずかな調度はほどよく磨きがかけられていましたし、この婦人が向っている細長い木火鉢には灰をかぶせた火種が湯をあたためていました。この様子では後山らしさもさしてのぞかれはすまいと、覚悟して座ぶとんにすわりました。「おざぶとん」というふわついたもののうえで聞いた後山の体験談は、あとにもさきにもこれひとつです。そしてまた標準語に近い話しことばにであったのもこのおばさんばかりでした。

こうした状況のなかから、矢つぎばやな話が肩をゆさぶる笑いとともにはじめられて、私はおどろくとともに、心が落ちつきました。まるくなった雰囲気と傍若無人な側面とがこの後山の個性をどうふかめているのか、まだ働きざかりに女の入坑禁止にあったことをこの後山のために惜しみながら別れました。

セナの神さま

ケツワリ　尻のすわらぬ　又金坑夫
ケツワリ坑夫　専門的常習者もおるが、昔のヤマはケツワリが多かった。会社《コウシ》や
大ヤマに(サカ借金)が嵩かさみ、泥ぬまに踏こんだ様に　あがきがとれず、実行する。
独身者は昼でも逃げるが、　荷物はなくとも世帯もちはそう簡単には
いかぬ、ケツワリする者はつまり不良で怠け者ズボラであって一人前のベテラン
坑夫は実行せぬ、堂々と肩入金ぎんを前借して払って移動する。
此のほか人妻と姦通マオトコしてケツワル者もヤマには多く　これは人事係に捕
えられると特にリンチ(ミセシメ)が烈しかった。
若い男女の恋愛による駆落も多かったが　これは流石に人事係も制裁リンチは
しなかった　親もおるし知人などが探してつれ戻り夫婦にするという始末であった。

あたしゃ七十ですたい。あたしのおとうさんも子どものころ炭坑に入りござったがそのころは、炭坑といわず石山といいよったげな。まぁだおとうさんの若いころは、納屋もなかったげな。四本柱の屋根の下にイロリを切って木を焚きよったて。地べたにごろねしよったげなたい。あたしの子どものころはもうそんなふうではなかったの。

垣生《はぶ》炭坑であたしは生まれたと。あたしの乳母がついとった。おとうさんはなかなかの人での。大棟領《おおとうりょう》の娘での、あたしには守りと乳母がついとった。おとうさんはなかなかの人での。大辻《おおつじ》・油坂《あぶらざか》・垣生と三カ所の棟領をしござった。ひとつの大納屋に百人以上のわかもんがおっての。御飯たきや水汲みもようけ(おおぜい)いたげな。おとうさんは人力車ばかり使いござっての。三つの炭坑をみてまわるので、芸者があと追いかけてきよったち(きていたそうな)。よう、そんな話をひとから聞かされよったけ。そげんして三つまでおんば日傘であたしは育ったの。

三つのとき屋敷を売っての、おとうさんは讃岐《さぬき》に銅山を開きなさった。田畑買えばよさそうなもんだけど、百姓の麦ママがきらいでの。門の大きい二階屋を買うとった。おへんろさんがいつでも家の前をとおっていたの。ところが、銅山を開いたが銅は出らん。三年間してどうもこうもならんで帰ってきたと。讃岐の家をおばさんに売って、また金を借りての。上下そろいのきもんばっかし、長持いっぱいを抵当においてね。九州さへかえったとばい。

担うてでてくるこまい炭坑のそばで、それからしばらくガラ(石炭の燃えかす。燃料として煮炊きや暖房に使う)を焼いていたの。あたしゃ十四になって一年守り奉公したやね。百姓家の守り奉公は手も足もひびだらけになった。金はおばさんが借銭の払いにおさえてとってしまったね。そのころは行方不明だったおとうさんが鯰田《なまずだ》炭坑にいらっしゃることがわかっての、

「地獄極楽はいってみたもんがおらんけ、わからん。この世で地獄におるもんが地獄じゃ」

いうての、その百姓の守り奉公からあたしを引きとらしゃった。そして十五の年の十四日に炭坑に入ったの。そのときセナをおそわったね。おとうさんはほんになんでも上手じゃった。ツルでもカンコヅルいうての、人が使うてちびてしまった鶴嘴ばか

り使ってじゃ。それを軽く使いなさる。あたしが入ったときはもうまぶ（坑内）棟領しござった。

「荷と借銭はかるいほうがいい」

おとうさんはそういってね、石炭をかるくあたしのセナにいれてくれなさった。そして手をとるごととして担い方を教えてくれましたたい。

そして、朝早う入って十時ごろになると「疲れるから寝ろ」というて坑内着を着せてすみのほうにあたしを寝かせてじゃった。そしてあがる時間になると「身づくろうとけ」といっての、着物をきちんと着直したり手拭いをかえたりさせなさった。そんなふうにして、坑内で半分は遊びのようにしながらセナを習うたね。いのちがけの仕事場だけど、あたしゃそんな工合にならしてもろうたから、いっちょん（ちっとも）おそろしかと思わんじゃった。

セナにつかう天秤棒の長さは足の甲に棒をのせての、乳の下で握りこぶしひとつ切れるくらいの長さに切るとじゃ。そんなふうにしてめいめい自分にあわせて作るたい。そして前籠と後籠に石炭いれて切羽から函まで運ぶと。前籠といっしょに棒の先にカンテラをさげて担うとたい。

上手が担えば、カンテラがゆらゆらゆれる。暗いなかに輪が舞うようにみえるたい。下手はぶるぶるふるえるのですぐわかる。前籠がぶるぶるぐるぐる動いて、どうもこうも調子がとれん。粉炭がふりかかってカンテラの火がすぐ消えるたい。セナは、切羽ばなれと函ばなれがむずかしいの。

切羽ばなれのときは、しゅもく(支木)とカンテラの置場、前籠と後籠の置場をうまく調子よくやらんと火が消えたり倒れたりするたい。そしてひとが八回積むところを五回ぐらいしかいきあわさん。籠の太さは百斤籠と八十斤籠とあっての。石炭を、エブにすくって二杯から二杯半いれると籠いっぱいになるたい。おなごはふつう前に八籠(八十斤籠)、後に百籠(百斤籠)を使いよったよ。それを七荷ぐらいで函いっぱいじゃね。

あたしらは競争して担いよったよ。そのヤマでは、ふつう先山が男一人に後山がおなご二人じゃね。あたしゃ先山二人にあとむきがあたし一人。ほんにどうしてひとはそげんへたじゃろか、思いよったよ。よその払いに加勢にいくとの、あたしのまわりにひとがようけ来るとじゃ。なんかじゃまくせえ、なんしとるとかねと思うたら「遠賀からセナの神さまがきちょる」といってあたしを見にきとるとじゃ。十六じゃった。

そんなふうで、あたしはエブ取りしようと、石炭掘らしょうと、穴くりしょうと、なんでも上手じゃった。先山が気にいらんときは、妹とふたりでさっさといきよった。じぶんで穴くって、マイトかけて、ひとりはどんどん掘る。ひとりはさっささと担うての。教えてくれ、とひとがようきよったよ。

「こんなふうに足をつっぱっとってみなさい。ツルを打ちこむとむこうから抱きかかるようにおちてくるよ」

というとの、やわいごと(たやすいように)みえるからの、じゃ貸してみなさい、というの。ひとがすりゃ、ツルが石にひっついてしまってできやせん。けれども先山のへたなひとにでもついていかなね、仕事じゃけ。あたしがたはそのころ大納屋しよったけ、先山はみなうちの坑夫じゃ。おとうさんが「気にいらんいうちゃでけん(いかん)」とおこりござった。

ばって、後山のだれもいききらんようなあぶなかとこはあたしが行きよったよ。傾斜がひどくての。昔の炭坑は腕千技じゃ。腕のたたんものは役立たん。天井は出とる。下はでこぼこ。道はこげん狭い。枠は折れちょる。水は流るる。ひどか坂じゃ。四方八方気をつけての。難ぎな仕事じゃ。おきみさん、おつぎさん、あたしらきょうだいが行ききらん切羽は捨てにゃいかん、とヤマじゃいいよったよ。おきみさんは折尾の笑福の大将のおかみさんになったたい。まだ生きとらっしゃるじゃろか。もう永いこと逢わんがの。

あたしゃたいがいの人にかわいがってもろうたの。ササベヤに火番がおるたいな。あたしがけいこしだちのころ、おとうさんが「ササベヤさへいって煙草もらえ」といいなさる。どういうことかというとの、火番では坑夫たちに一回に三服のきざみをわけてやるとたい。坑夫たちは煙草をもらって吸うあいだはそのササベヤで休憩しちょるたい。おとうさんはあたしに休憩してこいといいなさると。そこにはきせるが何本でも紐でゆわえて壁にさげてあるとたい。ササベヤだけはそんなふうで煙草吸ってよかった。ほかのとこじゃ危いからいかん。

あたしゃ仕事しだちのころは「煙草おくれ」いうのきまりわるかった。後向どうしでいってぐずぐずして一服くらい吸うて、あとはおとうさんにやるため持って出よった。あたしにはほんに十分にくれよったけ。火番のおいさんが自分のきせるを貸してくれよった。これで吸えいうて。ほんな子どもじゃったけ、吸うとむせちのう。

仕事はの、おなごが負けるちゅうことはないな。根気がつづくから負けんよう掘りよった。おなごはだまって一函積む。男はてれんぱれんしてよう積まん。エブ取りでちゃおなごが上手じゃ。おなごが六人で片盤もろうてやったが、あんときはえらいもうけたですぜ。男がいてもいなくても仕事にさしつかえないな。柱をうつのでちゃ、うちらだけでしたけんな。おなごだけで仕事をしても、おなごだけで飲んだり食うたりすることは全然ないの。

森元の婆さんはせわやきやった。よう人のめんどうをみてやりござったよ。ひとりでこまい片盤もらってな、ひとりで入りござった。瀬川さんというての、子ども一人残して死なしゃった。子どもに乳をのますのもよう飲ませんと、一番方に入って、ちょっとあがって乳のませてまたすぐ寝もせんと二番方に入らしゃった。そしてすぐ死なしゃったけんなあ。

なんがつらいといって犠牲者のでたときほどつらいことはないの。怪我人があったときは、棟領は世話になったひとに必ず一杯のお酒でも出さにゃいかんの。じぶんの子方ばかりじゃなか、よその納屋のもんが世話してくれることも多いとじゃけ。いつまた世話になるかわからんとじゃけ。ちょっとでも油断すりゃいのちがとぶけんの。よその納屋の世話してくれなさった人にゃ、とくにようしとかんといかん。炭坑じゃ相手にしてくれんごとなるの。ガスがでると離れていてもひどかもんばい。青い火が玉になってバーッと走るよ。四、五人死んだな。「なにかあったで！」とあたしゃおとうさんにおろうだよ（大声でいったよ）。

棟領ちゅうのも苦労もんばん（苦労なものだよ）。

夜、戸を誰か叩くとの「ああまた金か」と思っての。いつもいつも金の心配ばかりしとかないかん。貸したのは返ってきやせんからの、外におなごを連れてきとって、待たしとるとじゃけ。喧嘩の仲裁から金のことからなんでも棟領のとこさへ持ってくる。仕事のようでけて、さばきのきくもんでなけらにゃ棟領はつとまらん。うちがたはそのころは三好炭坑の直轄納屋になっての。ヤマ直轄じゃけほかの棟領より金がよけいもらわれるたい。

どこのヤマでも坑夫引きだしがこっそりくるたいの。よそのヤマから。働き人はいくらあっても足らんとじゃけ。それでよそのヤマから引きぬくとたい。坑夫引きだしが見つかればひどかしうちをしよったばい、どこのヤマでも。うちがたの坑夫を引きだしかけたことがあったとばい。

引きだし人は折尾旅館に泊っとっての、坑夫に二円ばかし仕度金を貸したげな。隣りどうしの男を引きだそうとしよったと。ばって、ひとりのほうがいきたもないもんで大納屋にいうてきたったい。

「金がなかったけん支度金借りたさにいくというたばって、いきたもない。借りた金ば返してここに残りたいけん、金貸してくれんか」

さあ聞いた労務が腹たてての、引きだし人を事務所に連れてきて踏んだりけったり。顔じゅう青じんどるとを、こんだ頃末《ころすえ》にある選炭のさんばしにぶらさげての。手ば背なにまわしてしばって吊りさげたね。足は土から離れとるとばい。ぼんぼん叩きよったらね、この手がくりっと頭の上さへきちょったね。折れんもんじゃね、背なさへ廻した手が頭のうえさへくるとじゃけ。気絶すりゃ田の泥水を汲んできてぶっかけよったよ。よそのヤマさへ移ろうとしよった坑夫も叩かれよったの。おとうさんがふたりをもらいにいってやんしゃった。おとうさんは、

「行きたがるもんは尻がすわらんけん、とめん」

といいなさる。ばって労務が、

「うちのヤマばバカにするじゃなかか」

ちゅうて叩くたいの。

リンチは間男したもんもひどかった。裸仕事じゃ、いい話はありよったの。どこやらのかかを押さえた、ち。若かもんも娘もおるしの。恋愛は多か。パイプとおしにいきゃぬくいからの。

「よさそうなところは人がおるし、人のよう行かんところは落ちてくるのがこわいし」いう話がありよったよ。ふつう使わんごたるところから二人連れがでるとばみかけよったね。切羽はめおとで入るばかりじゃなか。他人の後山になることが多かけん。亭主がぐずぐずいや、男とつんのうて(連れだって)逃げるの。こまか払い(切羽)はたったふたりじゃけ、大納屋の若かもんとよそのかあちゃんと逃げるとたい。わからんごとしめし合うとっての。

あたしがたの若かもんとおまつさんが逃げたな。おまつさんな釜に米をしこうでの火にかけて、とうちゃんがおるときに出たとばい。ご飯を炊きもておらんけん(炊きながらいなくなったので)、買物にでたとじゃろと思うとったげな。暗うなるまでそげん心配ちゃせじゃった。次の日になって大納屋のもんがひとりおらん、それじゃ一緒にでたんばい、とあとからさわぐようなもんじゃった。本気になっとるもんはふつうわからんごと気をつけとるけんの。坑内でおなごが男のいうなりにならんばいかんということはなかった。

そればってん、ふたりして――若かもんどうしならよかけど、よそのかあちゃんと逃げよるのがみつかりゃひどか。男もおなごも裸にして後手にしばっての、さんばしに吊るすとばい。

「こげなもんのあるけん罰ばかぶる」と青竹で男んとばたたく、おなごば突きさしての、気絶させてしまうの。ばってんおなごのとうちゃんがゆるす時は男だけたたいてヤマを追いだすと。おなごがいっしょにいくときもありゃ残ることもあるたい。あたしゃそげなリンチは見きらんじゃったね。

恋愛は多かったばい。若いもんはたいがい恋愛結婚たい。あたしゃ見合いもせんじゃった。おとうさんが気にいっとる町のもんを養子にもらえちいわれての。そげなバカなことがあるかの。「炭坑仕事は炭坑もんでなけりゃ役立たん。うちゃいやばい。仕事もしきらんごたる男はいらん!」

と、たいがい腹たてたの。坑内にもいかじゃった。仕事らしかこつもせず、町でだいじに育てられたもんが何しきるかの。そげなもんを見合いもせずもろうてなんなるかい。あたしゃ、ほんとに腹がたったの。

ばって、あたしがたは大納屋じゃ(大納屋の棟領だ)。あたしひとりの勝手ができん。おなごきょうだいじゃし、おとうさんはもう体が弱っとらしたけんの。

「自分と腹の合うたもんの息子で気にいっとるけん、わるかごとはさせせん」

といいなはるとたい。あんまりあたしが勝手するわけにゃいかん。それで見合いもせずもらってみりゃ我が儘いっぱいの男での。坑内へ降りたっちゃなんの役にも立ちゃせん。掘りきらんけん掘ってやらにゃいかん。マイトで加勢して、石くりで加勢して、エブで加勢して……。切羽に入ったら最後、切羽からいちんち出らんじゃんね(出ないじゃないの)。だれでも先山は掘れば函押しでも、セナでも加勢しあって一函でもよけい出すとじゃ。いつまでたっても一人前になりゃせん。はがいいごたる。あたしゃひとりでセナ担うて函を押してまた切羽で加勢しての。ときたま切羽から出りゃ自分は手ぶらでさっさとあるく。函押しさせりゃ、すぐどまぐらかす(脱線させる)。

「あっちの婿さんみてみんな、どまぐれたらあげきらんじゃんね」

といわれることの恥かしさのう。あたしゃテコがありゃひとりであげきりよった。どげんかして、うちのひとを笑われんごとさせたいと思ったの。

そげな情ない男で、上さへあがりゃいばりくさる。あるときコロの敷いていない坑内での、水がちろちろ落ちよるとこじゃった。土にきざみをいれてあるとこを、あたしがセナ担うてのぼりよったとたい。ずるずるしての。あっと思うまに足を滑らして下の函のなかにころげおちたとたい。カンテラの灯は消えてしもうてね。泥まみれになったね。腹の子が七つきになっとったから、もうもてんじゃろうと思うたね。うちの人はおろおろするだけでの。あたしゃさっさとあがったばってん。その晩じゃ、腰の痛んどるあたしになんのことじゃったかくってかかっての。布団を剝ぎあげて蹴るじゃなかの。おとうさんが下の家で寝とらしたばって、大納屋のもんの知らせに這うごとしてこらっしゃっての。

「なんばするとや。おなごの妊娠はいのちがけの仕事じゃ。男の仕事場を荒らすのとおなじこつじゃなかかな!」

といいござった。

「へん! おれの女房じゃ、煮て喰おうと焼いて喰おうと勝手じゃ」

「ハガネ持ちゃせず(筋金も入っていない分際で)偉そういうな」

といわしゃった。ほんに使いみちのなか男での。

おなごは男と喧嘩するがいちばんいい。理屈とケツの穴はひとつしかなか。男でもおなごでも道理はひとつじゃ。まっすぐかことはおなごも言い通さな。

そのころ炭坑に、いれずみの美しい渡りもんがおっての。佐賀のおなごで、黒繻子の衿をかけた人形さんみたいな嫁さんを連れてきとった。色の白い男での、ぼかしたいれずみがよう似合うとった。それが自慢でいばりくさる。そりゃいばってもよかたい。ばってん自分のよかごつばかりする男での、腕力がひどいたい。みんな困って陰で悪口いうばって面とむかっては誰もなんともいいきらせん。図にのっての。あたしゃ喧嘩したね。喧嘩を売った筋道はあたしがわるかったよ。けどこっちが悪いようにはせん。

函は五人で三函というこつになっとるとたい。その男がひとり占めしよったけんの。あたしがとこは四人じゃった。けど、

「おい、えろう勝手するじゃなかの。うちゃ五人ばい。うちのぶんはどれな。一人はべんとう取りにいっとるばい。三函もらおう。みんなも取らんな。そげんおまえが一人じめしてよかもんの」

男ははがいがっての、いれずみをたたいてみせて、あたしのほうべたばなぐったじゃなかかな。さあ、あたしゃ石炭ば投げっくれていったよ。

「へん、そのいれずみがおそろしうて炭坑で働けるか。しゃらくせえ。炭坑ちゃ腕千技ばい。そげないれずみがものいうか！」

血相かえとる男に石炭投げつけて切羽にかけあがった。そして、しかちゃんにこげんこげんち（こんなふうだと）話したな。切羽じゃマイトかけとったけん、石炭が山んごと出とったばってん、

「うちゃもう仕事はせん。こげん胸くそのわるかとこで働くか」

といってかえろうとしたよ。

「どげんしたな、どげんしたな（どうしたの、どうしたの）」

と後山が集まってきたね。

「ああ、あの五のぼりの男か」

「みんなで行こい」ということになっての。

「どこにおるんじゃ」

五のぼりに行ったらおらんじゃんの。捲立にいったらおったね。

「そこにおるそいつじゃ」

「あっ、こいつじゃこいつじゃ」

わあっと走っての、カンテラで叩く。ぞうりで叩く。丸太でぶったたく。めんめんがあっというまに寄ってたかって叩いたの。

「おなごと思うてバカにするな！」

「仕事もしきらじおって、ふてえこついうな」

そういうてあたしらは、その日は石炭は出さずあがったよ。その日に、その男は労務によばれてヤマからほうつい(放追)じゃ。

おとうさんが寝間から、

「山と川は取ったが勝ちじゃ。歩方のいい喧嘩はしてこい。うちの納屋はおなごばかりじゃけん、人がバカにする。バカにされんごとせ。手におえんごたる時はいってこい」

といわっしゃったの。そのいれずみの男がの、ヤマを出るとき、

「おなごと話ばしても道理にならん。亭主ば出せ」

とすごんで来たと。

「おまえどんと喧嘩するごたるテレッとした亭主じゃなかっ！」

あたしゃ追いかえしたばってん、はたちじゃったけんのう、男どうし喧嘩をしきる

ような亭主じゃったらよかったがの、と思うたのう。

そうしていながら子どもが生まれたと。七つきで転げ落ちたけん、心配したばってん。どげんものうして娘が生まれたな。子どもが生まれると、婿も八日間は坑内に入られん。ヤマの神さんがきらわっしゃるといっての。月のもののときも、おなごは入られん。

わたしがお産したのはな、大儀でならんでね、とうとう休んだら、つぎの日に生まれたとばい。あの日休まずにおりゃ坑内で産んだことになったとたいな。坑内で産む者もあったとばい。そのときは医者や看護婦が入ってくれるたいね。事務所から産着やら祝いやらくれてじゃ。坑内はひとがふえるところじゃなかけんの、めでたいことじゃけん、みんなで祝うてやってじゃね。

あたしらが掘った坑道はどうしてもやわいとこさへ道が曲っていくけん、まっすぐに函を押しだしさえすりゃよかというわけにいかん。それで苦労じゃね。いまは電気鑿じゃから曲りゃせんばって。そして仕事も早いの。けど、あたしゃ思うね。電気鑿はいかんね。体によけいこたえるじゃろう。このまえ、町で工事場をみたばってん、コンクリートに穴くるのに電気鑿を使いよった。あら、いかん。あげなもんをいまの坑夫は使うけん、体にこたえるとじゃ。仕事は楽になった。休みも多うなった。あたしらのころからすりゃ四分の一も働きよりゃせん。そして金もようけもろうて、賢いことばってん。ありゃひどか。あんなふうになんでも体をむこうさへあわせにゃならんのは、体にひどいよ。

婿どんはいつまでたっても、仕事にゃならん。おとうさんが気にいってもらった養子じゃったばってん、おとうさんと仲がようなくなっての、おとうさんは町に家ば買うて住ましゃった。

あたしの娘は見合結婚させたの。どういうもんか、あの娘にも気軽う冗談口きくもんはおらじゃったよ。坑内に入りよったから、好きじゃというてくるもんはおったばってん。かんざしども買うての、娘に渡しきらず弟の弘の手にもたせてやったりするもんがいたよ。息子はこんどの戦争の終りごろ大学にいかせたと。いま炭坑の事務所にいきよるたい。あたしゃじぶんの口はじぶんで食うて、能なし男と、とうとう一代終えたばい。

■　■　■

そのころはまだ軒つづきの家に住みあっていた上野英信さんが、

「いつぞや話しましたいかめしい後山のばあさんの家に行きますが、一緒に行ってみませんか」

とさそってくださいました。そこでご一緒に出かけ汽車を降りたところは、身体障害者だけが従業員である二島《ふたじま》駅で、しらけた土のうえに芝居の書割りめいた板壁の駅がのっかっていました。そしてその隣りに、まだおあずけになっているちいさな砂糖菓子のように、モルタル造りの新駅が建っていました。

ボートレースの音が、電気鋸が衝突したような音をたてて丘のうえまで舞いあがってきます。丘は草が丈高く炭坑住宅を囲んで、並んだ炭住の棟のなかには虫歯のような空家が数多くみられました。やっと探しあてたそこは、英信さんが坑内労働をしていたとき下宿していたおばあさんの家でした。

このおばあさんは圧制で名高い三好炭坑の、炭坑直轄納屋の娘です。

社宅「おくさん」大納屋「おかさん」
小納屋「ごりょん」た誰がきめた

という坑内唄があります。その大納屋のなかでも特別扱いであった直轄納屋の娘であり、養子をむかえて直接に大納屋を掌握しました。話のはしばしにもみられますが、このおばあさんにはまるで家父長のような自由があります。

いま狭い家のなかに、坑内作業で片脚を切られたうえ後家となっている娘さんと、息子夫婦と二人の孫と、みんなで六人の家族が住んでいましたが、おばあさんの権力は絶対なものでした。ふつうに後山たちの持っている攻撃的な明るさは、家父長的な圧力もふくめて、圧迫してくるものへの反撥からうまれでてくるのです。このおばあさんにも女をかろんずる男に対する敏感な対抗意識はあります。けれどもそれが権力のすりかえのように、みずから家父長めいてくるところに、このおばあさんの閉鎖性があるようです。私がそのお宅にいましたのは数時間のあいだでしたが、息づまるようなものがあり、それが後山をしていたこの婦人の視界をやせさせていると感じさせました。

カンテキ（石炭用の七輪で炭坑では煮炊きにも暖房にも使います）のむこうがわにずしりと坐って、きせるをはたいているおばあさんの自由をいたいたしく思わずにはおれません。事務所勤務となっている大学出の息子さんは、母親のたいへんな労働と狭くちいさな権利掌握の乳で育てられて、まるで内発性のとぼしい人柄でありました。

ぜひ夕食を食べていくようにと幾度もすすめられた厚意を私は受けられずに、坂をかけくだりました。私の帰りをまちかねて、おそらく今頃はだだをこねて手こずらせているであろう、息子が気がかりでもあったのですが、ちょっとしたずれ、がこうも大きく女たちの意識をかたよらせてしまう、そのポイントがつむじ風のように私をおそってきたからでもありました。

ヤマばばあ

納屋頭領
明治
大納屋で人繰や勘場を使うておるのは大ヤマの事で中小ヤマの頭領は自ら一人で切まわす者が多かった。
これらのナヤ頭は午前二時すぎから小ナヤを操込みにまわる
何れのヤマも午前三時が入坑時とされておったから汽笛三声の時報はあるが、それから
起床ではマにあわぬ。当時の坑夫で時計を持っておるものは全然おらず明治後
期にはチラホラ玉振り時計が見えていた
容易に買えなかった。

あんた、あたしの話ば聞きにきたとや。孫に用かと思うたが。あたしかの。そうの。遠慮いらんばい。こけ(ここに)坐らんの。そうかの。ラジオが八十八夜じゃといいよったけん、じいちゃんに新茶を供えてやろうと思っての、いま摘みよるとこじゃ。この茶か。ひとりでこの崖に生えたとばい。坐らんの。いや、いま摘まんでもよか、やめよう。あがらんない(おあがり)。

あんた、どこから来たとか。まああがれ。ラジオもある。こたつもあるばい。茶飲ますする。あがらんない。あたしは永いばい、炭坑は。米が一升十二銭、こんにゃくが五厘、ドンガラガッタの日露のあがりばい、そのころきた。ここに。ずっと居る。

あんた化粧もあるばい、せんの。孫がようけ持っとる。よし。茶飲ますする。あしたなら新茶があるとばって。こたつに入らんない。ほやんほやんしよろ。ほら、ふた間あるばい。破れ屋ばって、わが家じゃけね。ここでじいちゃん七年ねとった。じいちゃんは幸福だったばい、うちに看病されて。いまは孫がひとりだけ近くから泊りにきとる。昼は役所につとめ行っとるたい。

あたしは十九で嫁じょにきた。大分で大工だったばい、婿どんな。大工しよったが大工で食われん。志願してここにきたとばい。それからずっとおるとばい。ああ、だからどげんこげんいわせん。大野といったら誰でも知っとる。この山田《やまだ》の町中知っとる。悪いことはされん。うちは八十じゃ。四十五、六年おるとじゃけ。駅のちかくは旅館一軒と草家が二軒あったばい。それだけじゃった。そんころからおる。うん。

あたしどんが来たときは役人(労務)が悪かもなんも。生意気じゃった。ぶったたきよったばい。人間も悪かった。前科一犯二犯。いれずみして「なんかきさま!」。そげなふうばい。女でもばい。大納屋は繰込みがやかまし。役人は事務所におる。少々体ぐあいが悪くても叩きよった。三菱三菱いうけど圧制山じゃ。「仕事行くとか行かんとか」。ぴしゃっ! むげないごたったの(むごいようだったな)。脚はこげん膨れて働きよった。

けどな、あたしも根性がわるかった。有田というての、鼻ひげはやしていばって生意気な役人がおったたい。それが偉そうに帳面にぎっての、一軒一軒なんか聞き歩きよる。うちがたにも来たたい。

「大野、おまえんとこ何人か」

そげいいながら、名前書いた帳面をみよるたい。

「ええ名前はなんというかね」

帳面に書いてあるとに字を読みきらんとたい。うちも悪いよ。

「そけ書いてあるじゃなかな」

「おまや長男ばなんと呼ぶとか」

うちの兄ちゃんの字読みきらん。たくみ(工)というとたい。

「はがま(釜)取りですたい」

というた。はがま取りというてな、昔は炊いた御飯を火からおろすときに木でこしらえた取りものでおろしよったとたい。工という字のような形をしとるけんの、うちはそういうてやった。

「はがま取りいうて、そげな名があるか」

「あるかいうて、そげですたい(そうですよ)。そこに書いてあるでしょうが」

「おまえそげなふうに呼ぶか、嘘じゃろが」

「あんたそげん知らんふりせんでよかが、役人さんじゃなかね。うちどん(あたしたち)は無学ばってん。あんたどんが知らんはずなかろもん。よけい金ばとりござるじゃなかね。うちどんばあんまりからかいなさんな」

近所のもんが集まってきて、

「もういいが。あんた教えてやらんの」

いうて笑いよる。有田はステッキどんついてね。うちの兄ちゃんの名は昔のえらい先生がつけてくれたとばい。それば読みきらんとたい。ステッキついとるばかりじゃ。えらそうにしとるけん教えん。

うちがたがここに来たときは、大納屋が竹富、西野、三宅、藤、松井、東、河村の七軒あった。うちがたは竹富だった。こまい購買所と病院があったばい。朝は三時の繰込みで、御飯炊きは夜中の一時に起きる。晩は六時のあがりばい。地獄坂いうてこげんひどい勾配のとこがあった。坑内はぬくい。かしっとする。はいってみなっせ。一番はじめに入ったときはな、むかむかしてごはん食べきらじゃった。何百人とはいっとる。空気が悪いけんの、吐こうごとなる。枠が松の木じゃろが、ぎしぎし、ぎしぎしひゅう、となる。松虫がじいじい鳴いてな。

うちはほど(背)が太いけね、首まげとかないかん。マイトは五つくらいいっぺんにかける。ああ、ひどい音がするばい。頭の上でがーん。死んだかとおもった。うちは親父の後向に入ったが、とぜんなかったばい(徒然《とぜん》ない。さびしかったよ)。入ったが最後とんで出ろうごたる。さみしいばい。銭はいらんごたる。口に出していうといわんとのさかいばってん。一日に五人も死んだ日もあったね。すたすた水が落ちよるよ。まっくらな地の底でね。なんかきよるごたる。曲片はね、雨がふるごと水がおちよる。下はじゃんじゃん流れよる。まっくろい水が。天井がばれたときは三日ぐらい埋まっとることがあるけんの。こまいガスが二、三回あったろね。ひとりは目が見えんごとなってあんまさんになっとる。ひとりは死んだよ。

それから女がそくざに死んだこともあった。函が走ってね。頭がね、ここからこう切れてしもうてね、顔がなかったばい。そのひとは、曲片にようようさがってよこいよったときじゃった。あたしは病院に見にいったが、逃げていのうごたった。あんた考えてもみなっせ、死ぬるよ。こげ狭いとこじゃ。函が上のほうから走ってきたら逃げ場ちゃないとじゃけ。坑内銭はいらんといおうごたるよ。ボタかぶって死ぬるのも見たし。レールに頭の皮やなんかがはりついとるばい。バリバリとはがさにゃいかん。

そげな所で働きよるとに、坑内で殺したのがおるばい。十七になる女がいうことき かんいうて鶴嘴で叩き殺した。そして古洞に投げいれとったばい。人の嫁御とって逃げたりの。そげんとはおったおった。くらすみに行くけんの。騒動が起るたい。こげなこともあった。人の嫁御を盆の十三日に切った。男はそのままどこ行ったかわからん。わからんまま探しよったら盆の十五日にの、大バック(水汲み場、貯水装置)のこっちのほうに白木綿がかかっとる。なんと、そのバックにとびこんどった。飲み水ばい。その男はこっそりヤマの神さんで葬式した。それからバックの場所がかわったばい。

それまでは山田川から水を引いとったとばい。チビス(チブス)がどんどんはやってしょうがない。そこらへんの小便水が川に流れるとじゃけ。それで三菱が交渉して大《おお》隈川《くまがわ》の水を引くごとなったとばい。小便のはいった水ども飲みよったとじゃけ。うちも人を切って逃げていこうごたったた(逃げていきたかった)。「人が死んでえずい(怖ろしい)ごたるなら炭坑やめい!」というばい、人繰りが。

山田に来たのは日露のあがりじゃ。戦争のときは大分県におったけど、そりゃやおい骨折りじゃなかったばい。はっちん笠かぶって、日田《ひた》郡の大原《おおはら》天満宮さんに参ったばい。村中みな行った。そこその区内で、お煮しめしておこもりした。夜も昼もねらん。日の丸の小旗を背にさしてみんな並んでお宮参りしたばい。ようよう旅順《りよじゅん》が落ちた。二百三高地が落ちた。ドンガラガッタ、ドンガラガッタ、そりゃにぎあいがあった。それがこんどの戦争で取られた。こげん馬鹿らしいことがあろうか。ひとの子もたいそう死んだが。乃木さんがね、明治天皇さんといっしょに逝かしゃったろうがね。ほら桃山御殿にいったろが。

明治天皇さんは苦労したが、明治天皇さんの子どもはいかん。十五年くらいしかつとめとらん。ここが悪うてね。そしてその子がいま五十九になっとる。うちはそのあいだずっと山田で働いたとじゃけね。なんやかんやいわせんばい。

炭坑も日露で景気がよかった。六ついくと(六日間つづけて入坑すると)七十銭つきよったよ。あがり銭いうて坑内からあがったとき渡しよった。一日にわらじ一足はかるく踏みやぶるばい。きゃはんもはめん、帽子もかぶらん、よう傷せんじゃったもんばい。タオルは一枚頭にかぶり一枚は汗ふき。男ははちまきにタオルをしとる。女は髪を日本髪に結っての、桃割れなんか。一週に一回日曜やすみがありよったから、日曜に結いにいったよ。髪結いが炭坑におったばい。

坑内じゃズロースはめとっても、股ずれするけん脱いで脇にはさんで仕事しよった。内はぬくいけんの、そげなものはめちゃおられん。

納屋は家賃とる。たたみ一枚なんぼいうて。人間の多いところは四帖半納屋ひとつじゃくらせん。それで二間借りよった。あいだの荒壁をほがすたい。うちはほがんなり二間借った。兄ちゃんに嫁さんもろうたとき。嫁さんはたいがいところから連れてくる。そうでないものは恋愛たい。あたしは赤んぼ産んで四十日してさがりよった。赤んぼは会社が、ミルクで育てるたい。金はうちどんが払うとばい。ばあさんやとってある。ずらっとぶらんこが並んでね、ばあさんがミルク乳のませてそのかごにいれてがぶろうが(ゆさぶるでしょうが)。育たんたい。立派な子ができんたい。幼稚園もあった。ほうからかしじゃ。学校いかんとは全部じゃ。育たん。立派な人間がでけんたい。そいで女が坑内にさがられんごとなったと。炭坑育ちは兵隊検査ではねらるるもんが多か。役立たんけんいうて女が子を育てるごとなったたい。よか兵隊がいるもんじゃからの。だいたい炭坑志願するときは目やら耳やら体をしらべる。うちあたりは甲種合格。目も耳も一等。心臓も強いたい。今でもひとりで針の糸をとおす。孫がおどろいとる。ところが炭坑で育った子はみないかん。ろくなふうに太らんたい。食うもんは百姓よかいいばっての。ちょっと使い走りができるごとなれば学校いかんで坑内に入る。それで体も何もできそこなうの。うちの息子は十五から入ったばい。いま市会議員しよるがあれも怪我したことない。

山田市もさみしゅうなりますばい。もう炭がないとたい。炭さえ出れば危いというても、くらされる。うちなんかは一度も怪我せんじゃった。けどもう山田におっても食われん。だれでもほかさへ行ってしまう。うちはもうどこへもいきゃせん。わが家がこんなぼろでちゃ、あるからの。けれど若いもんは都会さへいかな。もう炭もだめばい。さみしゅうなる。うちがここへ来たときのごとなる。この頃は、あがりヤマ（埋蔵炭のなくなりかけたヤマ）になったところは、ほかさへみんな行ってしもうとる。空き家になればどんどん解いてしまいよる。うちがたのじいちゃんは酒煙草ものまん、バクチもせんで、よかときに死んだばい。さみしゅうなるまえに死んでしもうた。わが家での。しあわせたい。

昔は女もバクチしよった。男といっしょに。正月とか休みとかは警察がゆるしとったばい。金かけてしよったの。遊びといえば、それくらいのもん。日赤のまえの空き家で掛け芝居があったりしよった。

ああもう昔はけつわりが多い多い。お金とか借りて。四帖半納屋じゃろ、めおと膳にお茶だしやら置いて、くされぎもん(粗末な着物)は壁にさげたまま、なんでもおいたままで、まだ住んでいるようにしてけつわる。大納屋に借銭ひっかけて。大納屋は逃げたもんを遠くまでたずねちゃ行かん。たいていほかのヤマから引き出してきた坑夫じゃけ、ほかのヤマさへ逃げられたっちゃもともとたい。一日に十人くらいけつわりがありよったの。布団茶碗は大納屋の物だから、納屋においたままましてあるたい。うちどんは山田に居ついたから、そんな人たちをようけ(たくさん)知っとる。おばさんうちけつわるけんの、残った物は使うときない。大納屋には知らんというといて、とものいうて行く。ものいわず行くもんはおらん。けつわるもんは炭坑に居つかんとじゃ。坑内しきらんとたい。ありつかんとたい。苦労は人一倍して、どうしてもありつかん。そげな人たちは借銭は大納屋にひっかける。けど、うちどんには決してひっかけん。

一週間もおらん者もおる。

「おばさん、擂り鉢やら買うたけん、それから米がなバケツのなかに入っとるけん、みな取っときない(使いなさい)」

「わかった。体を大事にせ」

いうてぴしゃっと戸をしめとく。すると大納屋のもんが、

「おい隣は仏さんがおらん、どこ行ったな」

「あら、ほんなこと、おらんごたる。知らんですばい」

というておく。仏さんだけは持ってけつわるばい。松島《まつしま》から来たもんがおった。かんぼ(ねんねこ)もなんも持たん。ふところに子をいれとった。木綿ぎもんひとつ着ての。

「おばさん米貸してくれんか」いうてから二、三日したら「おばさんもどしとくけんね」。その晩おらんごとなった。鳥取《とっとり》からも来とった。その人はほかのヤマをけつわってきとる。

「おまえとこに丼鉢あったら貸さんか」

と借りていった。鍋ひとつ釜ひとつ、大納屋から借りとる。そのほかなんも持たん。よその者は偉いばい。うちがたでお茶飲んで丼持って行ったが、けつわる三日前ぐらいに、

「おまえとこでお茶よばれたが、豆炊いたから来ない」

といいにきた。うずら豆炊いとった。そして次の日、

「おまえとこに丼鉢借りとったけん」

いうての、返しに来た。その晩おらんごとなったたい。そこは子が多くてな、四帖半納屋におられん。六帖納屋のあるヤマに移ったとじゃろう。

もひとり、崎戸《さきと》からけつわってきたが、二カ月ほどおった。

「おばさん二円ほど借して。世帯銭が足らん」

と借りきよった。下の子が三つか二つくらいじゃったろの。飴を利子につけて金返しにくる。

「そげなことせんでよか。世帯銭が足らんとはお互いじゃ」

といいよったが。唐芋を煮てな、皿に三つばかりいれて持ってくる。五厘銭もひっかけん。たれもひっかけん。四十何年おるがいっぺんもひっかけられたことはない。苦労したもんはひとをよう見るばい。うちどんには決して迷惑はかけん。大納屋に借銭ひっかけて逃げるとたい。あたしゃひとを軽蔑せん。なんでもわけてやろうごたる。風呂に一カ月二度しかいかん者もおるばい。人間は一様にはいかんですばい。貧乏人は助けおうとかないかん。

昔も今もこのあたりはかけおちが多いばい。子ども二人三人ほたって(捨てて)男と逃げたもんがいくらもおる。なんぼでもある。若い男と逃げるたい。男が子どもをほたってよその女と逃げたのは、そうなあ、そげなのは聞かん。女のほうが子どもをほたっていくの。婿どんはむげないことはないばってん、子がかわいそうな。今でもなんぼもあるばい。土方やらに女がいきよるとそげなふうになる。あんたも婿どんはほたってよかけん、子は連れていかなんばい(連れていかなきゃだめだよ)。子のおる男が娘と逃げるということはいっぺんも聞かんだった。娘たちはふつう父親の後向たい。働くのはうちうちですたい。独身の男の後向には男がおる。朝鮮人なんかが。

朝鮮からでも沖縄からでも、どこからでも来とった。四国、島根、山形、島原、大分、熊本なんかがようけ来とった。募集人があっちにおるとたい。そして炭坑に出てきてありつく者もおれば、どうしてもありつけん者もおる。

日露のあがりに山田に来たときは朝鮮人がいっぱいおったばい。すばらしく来とった。どんどん石炭がいろうが、軍艦が出るけん。どんなにして呼んでくるのか朝鮮人はうちうちみんなで来とった。南京虫がおってざまなかった(不潔だった)ばい。朝鮮人がおったと知らんで納屋を借りたら首のとこがかいい。じがっとしてたまらん。瓶から出してびりびりするとをつけてくれたがね、朝鮮人の女が。そして南京虫とおしえてくれた。びっくりして柱から畳からなんでもたぎり湯をかけたばい。

朝鮮人はほんとうにざまなかった。言葉もわからんところに来とるのだし。バックで、しめしでもなんでも洗う。いかんと言うても聞かんたい。漬物もしめしもたらいで洗うばい。肉のモウを食べよった。毛があるばい、モウは。「それおかみさん何ね」というと「モウ」といいよった。言葉がわからんからしようがないけど、ひとのいうこと聞かせん。わがよかごと(気ままに)散らかし放だい、汚れ放だいにしとった。けど朝鮮人の女はすぐ日本語おぼえるばい。ようわかるごとなる。のちには朝鮮人も子を学校へだしよった。

ぶったたきよったばい、人繰りが。日本人を叩く。けどそれより朝鮮人をひどくなぐるばい。むげないごたった。ステッキで叩きよった。血が噴きでるばい。水で冷しよった。食うもんもろくろくなかとに、ひょろひょろ歩きよると、こら！　というて叩くとじゃけ。こんどの戦争の時もそりゃ来とったばい。かわいそうじゃった。

大納屋の、それは棹取り納屋じゃったばってん、よっちゃんいうて人繰りしよった。日本語がようわかっとった。すこうし口がこわいけどね。よか青年だったたい。そのよっちゃんが飲み屋に入っとったら、日本人の若か者が二人飲みよった。そして帰ろうとすると銭が足らん。銭が足らんいうと借されんと飲み屋のおやじがいうげなたい。よっちゃんが「払うちゃろか」いうて歩いて行った。するとその若か者が「朝鮮人が銭持とうか？　生意気いうな」というた。よっちゃんは黙って料理場にいって出刃庖丁もってきた。ボスッとやった。ひとりは即座に殺した。ひとりは怪我した。そしてそれなり懲役にいった。どうなったかわからん。どうしとるとじゃろうか。朝鮮人は戦争中は食べもんなしじゃ。生胡瓜をそんなり二本くらい食べよった。それだけ。朝は粥でよろよろしとった。

朝鮮人の独身は寮に入っとった。日本語のわかる朝鮮人が係りをしとったたい。日本人が監督して。骨ばかりになっての、むげなかったばい。朝鮮人の男と日本人の女とが一緒になったのはあばかん(たくさん)おる。金さんいうて、まだ山田におるばい。家つくって畠作って。朝鮮人の女が日本人の嫁さんになるということはない。そげなのはひとつもないばい。

男でも女でも苦労したばい。こげん山田が町になった。けど、うちどんが来たときは炭坑もこの上の段にレンガ納屋が二棟。ほかみんな田んぼたい。それば選炭ボタで埋めて家が建った。湯にいく下駄を買おうとおもってもこのあたりはどこにも店がないたい。大橋に一軒杉下駄をすこし売っとった。駅はあったばってん、炭車だけばい。それが四十年ばっかしのうちにこんなにびっしり人が住むごとなっとる。

うちどんが坑内にさがりよったころは、坑口までに門が三つあったね。ひとつひとつ通っていく。蒸気捲きが一号と二号と二つあった。そしてボタのようなガラをくれよった。足らん。生石《なまいし》(石炭)をこっそり盗りにいきよった。そげんしよるうちに、こげ大きい町になったとばい。

昔の娘どんが働きよるのは美しかったばい。選炭場はおてんとさんの下で働く。ここに四、五十人きとったたい。若い娘が。大隈《おおくま》の方から。紅化粧して来よった。手拭いかむって。前髪わけてな。大きくふくらかして。そうせな手拭いかぶりがぺちゃんこになるからおかしい。

後は針で立派にとめて。それから衿にも手拭いかけて粋なふうしとったばい。膝までの筒っぽう着て脚絆甲かけわらじそれにかけ足袋してね。のちは長いきもんになって足首まであった。いっときは男のシャツのごと手首まであってボタン留めするのがはやっとった。そのあとは薩摩袖。そんなふうで娘たちはそりゃきれいだった。かえるころになると、便所場で小さな鏡をだしてみんな化粧する。とおし(始終)化粧しよった。

選炭場には男が石炭函をひっくりかえしにくるけん。娘どんがきゃあきゃあさわぐたい。うちは坑外仕事はちっとしかしたことがない。そのころ選炭しよった婆さんが風呂場の近くにおるばい。よう風呂であうがの。名前は忘れた。顔はよう覚えとるが。まだ元気ばい。ちっと手が中気のごたるといいござった。

もううちどんの友達はそれくらいばい。ようけおったが山田に居ついとるのはおらんの。みんなどっかほかのヤマさへ行ってしもうた。

あんた、ここから見てみなせ(見てごらんなさい)。ずうっと炭坑の家ばい。うちがたは高いからよう見えようが。この谷から丘のうえまで炭坑の家ばい。その丘のむこう谷もそうばい。これがひとつもないときから、うちはおるとばい。

なんでもうちに聞かんの。山田じゃ昔からのことを知っとるもんは、もううちだけじゃろ。あんたようあたしのことが分ったの。えらいばい。またこんの(またおいで)。こんだは新茶のまする。うちが上手に作っとくけん、ほんなことまたこんの。

崖からころげ落ちそうにして小屋がたっていました。一掃きするほどの小道が草をわけて小屋までのぼっています。その小道から草のなかへ筵をのばして、おばあさんが茶の葉をむしっていました。「その人、その人」と崖の下から森田ヤエ子さんがのびあがって叫びました。ヤエ子さんは山田市に住んでいて、ある炭鉱の配給所に勤務しながら、サークル活動に精力的に動きまわっている人です。

「あんたのよろこびそうなおばあさんを紹介してあげるね。このまえ仲良しになっといたけど、そりゃ立派な話しぶりをするよ」

彼女はそういいました。そして出勤途上にあるその小屋を教えてくれたのです。がっしりとした体格で背も高く声も大きいおばあさんでした。山に自生したらしい蕗を煮しめたものをさかんにすすめ、げんのしょうこのようなお茶を汲んでくれました。傾いた障子を開くと真向いの丘へむかって、この崖の下からすっかり炭坑住宅です。それを顎でさしながらおそろしくテンポの早い話しぶりをするおばあさんをみているうちに、奇妙に切なくなってきました。

「もうじき山田はあたしが来たころのようになる……。明治天皇さんは苦労したがその子は十五年しかつとめとらん。うちはその間ずっと山田で働いたとじゃけん。なんやかんやいわせんばい」。じぶんの理念をとおしたおばあさんは、ヤマへむかって、わたしは心がわりしないということを告げたがっているようでした。

　山田の近くは小ヤマが多く、道にそった丘陵のいたるところに、粗末な坑口が無表情に開いています。繊維の細った国防色のズボンなどが坑口の枠にぶらさげてあり、横にきちょうめんに包んだべんとう箱がかかっています。それらは、石炭がこの丘のどこかに埋もっている限りはそこで生きるという表情をしています。それはしごくまっとうで無感動にすぎるほどです。それと同じまっとうさ加減で人びとは山田から去りはじめました。

　そのような山田の、あちらこちらを歩いて、夕陽にむかってエンドレス（捲上げ車道）をかえっていますと、午前中に訪ねたこのおばあさんの歩いている姿をみかけました。やはりそのエンドレスを、私のずっと前のほうを歩いていました。落ちている木切れをかかえて、なおうろうろと地上を探しているのですが、おばあさんごと落ちている木切れにみえます。そしてひろげたまま動かしていく脚のあいだから、すたりすたりおしっこがおちていました。

おばあさんと話しながらつらくなっていたのは、このおばあさんはヤマのぬしになりたがっている。ヤマぬし、ヤマ鬼、ヤマばばあになりたがり、そうなれない女をいま私はみている……そんな思いがしたからでした。ヤマの拒絶にあわなければ、苛酷な労働もどこかに心をよりそわせるようなものをそえたにちがいありません。

炭坑夫とおなじようにつらい貧しい農民が、それでもその労働のなかに、育ついのちを感じたように。

とうとうヤマは、おばあさんを抱きとることなく、くらやみのなかの声々のかけらもわたしらに伝えずに閉じてしまうのでしょうか。ヤマは石炭を出すだけで、再生産することのないくらやみが残るだけなのでしょうか。地下の仕事が日本人の感覚に異質でなくなるための発想はまだ育っていません。そのように深く裂けているヤマの現在を象徴的に持っている一人の人間というのもなかなか見あたらないようです。

赤不浄

(3) ヤマ《むかし》の女
『スラ』
傾斜の緩い卸(カイロ)はバラスラ(竹製)で牽あげていた、
つまり、十度内外の処、これは坑内でも坑外でも一度カブ
溜炭して、バラ又は函に積込んでいた。
カイロは盤の固い処にはコロ(ハシゴ形)は不用で、足がかりの
小穴を掘るだけである、
何処も卸切羽は水があるので
石炭は重く百斤余り位が
要命であった。
肩からかける引綱は麻製で「カルイ」と云う
卸し底から〜〜吹いて来る風は〜〜
サマちゃん小石と、吹いてくる〜〜
ゴットン

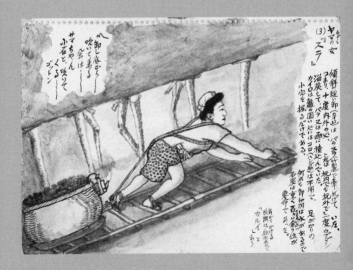

わたしは上から五番目、下から六番目に生れたとばい。わたしの上三人は子どもの頃死んで、一番上の兄の次がわたし。けれどこの兄がスカブラ(怠け者)で仕事に出ん。親父も、どっちかといや遊び手で、仕事好かん。子は多いしね、七つの歳から弟を負うて守《も》りした。弟を負うてガラ(石炭の燃えかす。燃料として煮炊きや暖房に使う)拾うのが仕事だった。石炭ガラ買う金もないから。炭坑の風呂ガマから出るガラを拾いに行きよった。手も足も年中ひびだらけばい。はだしだったし。ガラがささって指先は割れて年中血が流れる。ふくらはぎからも。ガラはまだぬくいうちに拾わな、人に拾われるから、熱とガス気でひびがよくならん。今どき、あんな汚れた子はおらんね。拾うたガラを売り歩いて親子が食べよった。兄貴は早う家をとび出して、家にゃ寄りつかんから。わたしのガラ拾いでいっときは食べたとばい。親父は手遊(博奕)で……。

母は明治十二年生まれ。三つおきに子がでけてね、昔は堕すことがでけんだったたから、七つ八つの子の働きで米買うたりしたと。学校に行きたかったね。わたしゃ、学校はよくできよったとばい。時々しか行かれんだったけど。石田病院の奥さんはわたしと同級ばい。わたしはあの人と同じ列に坐りよったんばい。口もきさなれんだったけど。勉強をよく覚える順番に先生が坐らせなさったから、あの人もようできよったし、わたしは同じ列に坐りよった。けど、今も道で会うても口ききなれんよ。なんがつらいといって、字が読めんのが一番つらい。字知らんばっかりに、どがしこ(どれほど)つらい目に会うたか知れん。学校は好いとったもの。勉強好きだったとばい、わたしは。

けどね、食われんものだから、学校は十一でおろされてしもうた。百姓屋の子守りにやらされたと。年季は三年だった。

わたしゃ、こげな気性だから子守りに行ってもへえこらしてはいないよ。年がら年中子を負うて、いいたい放題いって、ごりょん(奥さん)に叱られても平気で大きな声でにくたれ口ききよったばい。けど、恥も腹いっぱいかいた。炭坑生まれで百姓のことはなんも知らんから。

奉公に出た日が恥かきのはじまり。五衛門風呂をはじめてみた。サト、風呂に入りなさい、とごりょんに言われたが、さあ風呂の入りみちがわからん。上にぶかぶか板が浮いとった。ああ、これのけるんばいね。それで、のけて入った。足が下につくと熱い。ばたばたしよったけどがまんならん。百姓の風呂はむずかしばいと思ったね。

百姓屋の風呂は野天風呂で柱と屋根だけついとる。風呂の横が便所。便所の屋根は風呂といっしょばい。見ると便所下駄が置いてあった。竹の皮の鼻緒がすがっとったよ。これこれ。そいで、それ洗って、履いて入った。

次の日大将が「サト、風呂板がのけてあるが、おまえ風呂はどげして入ったんか」といいなった。「あげな熱か風呂は、あたしゃ入りきらんばい。便所下駄はいて入った」というと「なんや」というて大笑いしなった。ごりょんが「きたなか」といって、大将から叱られなったばい。「おまえがわるい。ちゃんと教えな。教わらなわかるか。炭坑のふとい風呂に入りつけとるもんが、こまい風呂の入りみち知らんの当り前じゃろ」と叱りなったばい。

わたしは百姓仕事はできんから、昼も夜も子負うとる。それでも自分の家にいるより気が楽じゃった。夕方になっても百姓仕事はなかなか終らん。昼は一日中、遊びに出とるが夕方になったら子負うて百姓仕事のまわりをうろうろしよる。縁に腰かけて野菜を揃えよるのを見よって、眠ってしもうて子負うたまま縁から庭へころげ落ちたりしよった。

ようやく三年の年季があけて十四になった。おとうさんが迎えに来なったばい。そしてこんどは、黒雲天井たい。数えの十四ばい。十四の歳から坑内にさがった。そして二十二の歳まで、わたしは青空天井とは縁が切れた。

わたしほど親の犠牲になったものも居らんじゃろ。わたしは親孝行したいが腹いっぱいだった。けど、うちの親父は……。

坑口から切羽(採炭現場)までは一里も二里もあるばい。おとうさんについて行ったけど、脚がふるうた。本卸《ほんおろ》し(本線坑道。坑口からこの坑道をくだって切羽へ行く)は激しい坂道で、人の頭を踏んでくだりよるげな気色がするばい。爪の先くらいの灯をつけて、それで足元を照らして歩くがせいいっぱい。もうこわいも恐ろしいも思うひまない。ただ足踏みはずさんごと必死におりた。

本卸しから、まだ歩かなならん。地面の中に山坂があるとばい。のぼったりくだったり木の枝のごと、道がついとる。切羽に着いた時はもうへとへとになっとった。行き戻りだけで日に五里から歩くとじゃからね。

けれど働かな食われん。食いぶちはわたしとおとうさんの肩にかかっとる。あの時から二十二まで、わたしはおてんとさん、見たこたない。朝三時に入る。三時ばい、十四の子が。

卸し切羽（傾斜炭層の場合、採炭箇所が坑道よりくだっている切羽）で炭出すと、卸しは水（地下水）が溜っとるから水がはねあがるよ。水の中で石炭すくって、カルイ（背負い籠）にいれて負うと、すたすた水が垂れた。「おう、サト、ガメン子（亀の子）が歩いているようじゃないか」と後から小頭《こがしら》さん（坑内取締り係）がいいなさった。八十斤から百斤あるカンテラを口にくわえて、膝まで水につかってカルイ負って歩きよると、後から見たらガメン子が這いよるのといっちょん（少しも）かわらんげな。わたしは並のひとより、こまかったからね。力はおないどしの子らよりあったばって。

カルイに石炭いれて、背負うて坑内の函置場まで運ぶ。函は石炭を運ぶ炭車のことたい。石炭が千斤からはいるとばい。カルイで負うてきた石炭を函にいれようとして、カルイと一緒に函の中に落ちこんだことも何度もあるばい。子どもの体は軽いから。

石炭運ぶのにはスラを使うこともある。竹籠の下に滑りやすいように竹や金具が打ってあった。曳いて運ぶ、四つん這いになって。肩から綱つけて。そして函に移す。

それから函を捲立（巻揚機のあるところ。ここで炭車を連結させて巻揚機で地上へ運び出す）まで押して行くとばい。千斤函というと、大人でもちょっと押せんよ。なまくら腕で押したくらいじゃ動かんばい。けどいっぺん動き出すと、こんどはくだり坂の時など後から力いっぱい引いてないと危ない。函の前にカンテラの灯を提げてレールの上を函が走らんように必死たい。子どもだからできんというわけにはいかん。わたしは後から来た函にはさまれたことがあるばい。「あいたたた」とおらんだら（叫んだら）「引ききらんならやめ！」とどなられた。子どもも大人もない。命がけだからね。

一日の仕事が終って、おとうさんが「これで今日はやめよう」といいなさると、急に体ががくがくふるい出しよったばい。もう恐ろしくて、いっときも居ろうごとない。それまでは恐ろしいと思う間がなかったけど、恐ろしくてふるえがとまらん。必死で坂道を歩んで帰りよった。岡へあがったら、もう夜。まっくらだった。

炭坑のもんはヤマの神さんを信心するばい。いろいろやかましいことというばい。けどね、神さんも坑外のことは守《も》りしなさるが、坑内のことは知んなれんばい。

わたしが十四で坑内にさがった時、わたしのおっかさんが神さんにおがんでもらいに行きなったと。わたしが無事かどうか、おがんでもらいに行きなった。そうしたら、神さんがわたしを一所懸命さがしなさるが、見つからん。わたしの消息が神さんにつかめんとたい。それで神さんが、またあとで来なさい、といいなった。

おっかさんが、また行きなった、晩になって。そうしたら神さんが「ああ、その子は無事でおるおる」といいなったとばい。

無事でおるよ、わたしはもうその時はあがってきとるとじゃもん。神さんも坑内のことは、つかめんとよ。神さんも地の下ににんげんが入ると、生きとっても生きとらんのと同じことげなばい。神さんにも。

それはそうだろうねえ、地の下を一里も二里も行くとじゃもん。生きとっても生きとらんのと同じじゃろう。ここから折尾のもっと先まで、地の下を行ってしまうとだから。もう神さんにも見つけられんばい。

信心は、これは地の上のことばい。神も仏も、これは地の上のことばい。ヤマの神さんは、おなごの神さんと言うがねえ。おなごの神さんで、悋気のはげしい神さんばい。そうかも知れん。そうかも知れんが……。

あの神さんは髪の毛がちぢれとるとたい。それに顔がようない。おなご神さんでちぢれ髪だから、坑内でおなごの髪見ると、悋気しなる。坑内で髪すかれん。腹立てて落盤を起すというばい。

　赤不浄もいかん。おなごの不浄の時は入っちゃいかんといいよった。産のあとも八日は入れんばい。誰でも休みよったね。

　わたしは十七で体が汚れたがね……、そのとき二番方だったのでまだ家におった。なんか股くらがべたべたするから、おかしかね、と思って便所へ行った。炭坑の便所は共同便所ばい、坐ったら見えんが立ったら外から顔が知れると。

便所行ったら血が出とる。ひゃあ、こりゃ困ったね。汚れもん見たって、ちり紙も買うて貰われん。買うてくれんとじゃもん。困ったね、わたしが休んだらおとうさんも休むからねえ。

「おとっちゃん、あたい今日は入られんばい、体汚れた」というた。「しょうがなかの」といわした。おとうさんも休もうとしなったけど、おっかさんに叱られて行きなったよ、ひとりで。おっかさんは子がいくらも居って行かれん。

　わたしは五日間、よこうた(休んだ)。行こうにも行かれんと、量が多くて。おっかさんがぶすぶす小言ばっかりいいなった。わたしが行かな、たちまち金が入らんからね。わたしはちり紙買うて貰えんから、どうしようかと思って、蒲団のぼろ綿ちぎって当てとったよ。蒲団というても綿だけ。がわはなかったから。当てて蒲団にもぐっとる。

けど休んだのはその時だけばい。赤不浄のときは坑内に入ってはならんという。赤不浄のもんが坑内に入ると、ヤマの神さんが腹立てて非常がある。罰かぶってけがする。みんなそういいよったよ。けど、朝三時の入坑は暗いから都合がいい。坑内はこまか灯りで畳二帖ぐらい、ぼうとみえるだけ、入っても人には知れん。罰かぶるかかぶらんか、食われんとだもの、人に知れんごと入ったよ。

赤不浄は入っちゃならんというが、あれは嘘。わたしはかすり傷ひとつせんだった。赤不浄・黒不浄でけがれるというが、あれは地の上の話たい。入っていいか悪いか、これは信心できめるもんじゃなかよ。意志ばい。人間は、意志ばい。

わたしはそれから赤不浄も坑内で垂れ流し。尻までの腰巻ひとつだけど暗いから人にはわからん。垂れ流しだけど暫くするとばりばり乾いて、股くらにくっついて働きにくい。昔は今の人のように、当ててパンツするのと違っていた。当てるとじゃない、いれると。このくらいに丸めていれるとよ。いれても仕事にならんよ、量の少ない時はいいけど、多い時は働きよると噴きでるばい。力仕事じゃもの。尻立てて石炭曳くと噴きでる。

人は赤インキの早あがりといって、仕事しよっても、汚れをみるとあがって行きよった。赤不浄の時は小頭さんも文句いわん。わたしも休みたいばい、体きついから。けど休めば家中顎がひあがろうが。おとうさんはわたしが仕事覚えたらよう休んでいたからね。その頃はわたしはもう他人後向(他人の先山と組んで後向の仕事である運搬をする。親子や夫婦が一組となったり、他人どうしが一組となったりして働いた)しよったよ。

信心も徹底すればいいよ。けれど生半可なら、ないがよか。ろくなこた、ない。気にするじゃろ。かえってよくない。坑内に入っていいか悪いか、これは信心できめるんじゃない。意志できめないかん。わたしはこまい時から苦労してきたからね、意志できめきらん人間は好かんね。罪かぶって死んだら、それまで。

坑内からあがる時？　あがる時は股くらを坑内水で洗いよったよ。坑内水は白い水か黒い水かわかりゃせんよ。石炭のまざった汚れた水で洗うてあがりよったがね、わたしは下《しも》の病気したことない。赤不浄で入っちゃならんというのも嘘。清潔にせな下の病気するちゅうのも、嘘。わたしはワラジでも新聞でも、あるものを突っこんで働いたばい。けど、病気もせん。かすり傷もせん。

わたしのおっかさんは信心していた。お稲荷さんを信心していた。けど信心も、よしあしばい。シロ（死霊）がつくよ。生き霊もつく。おっかさんに時々来ていた。「おかしいね、何か来とるごたる」といいよったが何か来ると体のどこかがぷくとふくれるばい。いつかは、水神さんが来ていた。

おがんでもらったら、水神さんだった。おがみやさんが言うことには、炭坑のバック（水汲み場、貯水装置）でみんなが洗濯をする。洗濯してすすぎの水を汲む間、バックの上に洗濯物をかける。そのしずくがかかって苦しいからやめてくれるように、みんなにいうてくれ、といって水神さんが来ていたとげな。おっかさんを頼って水神さんが来ていたと。

ある時はオブッパン（お仏飯）が、ちょうど蚕が桑食べる時みたいにクチャクチャ音たてた。「おかしいね、オブッパンが音たてる。何かありゃせんかね……」おっかさんがいいなった。やっぱりおとうさんが坑内でけがしたばい。

そんなふうたい。信心すれば知らせがある。それがよくない。人は知らせがあるからいいというが、わが意志できめるほうがはきはきするよ。わがきめて、それで悪けりゃそれまで。わたしはそのほうがいい。小さい時から苦労してきたからね。親の犠牲になってきたからね。

いちばんの犠牲は十九で借銭のかたに嫁に行かされたこと。おとっさんが三十円の借銭しとった。手遊びたい。手遊び？　いろいろ。まあ、花(花札)とか。

朝三時入坑で、べんとうつめていたらおとうさんが「あした盃せい」といいなった。「いやばい」というた。あんまり突然でわたしはたまげた。わたしは色気もなんも出ちゃおらん時でね。男も知らん。とにかく家族を五人も六人も肩にかろうて働くいっぽうだったから「いやばい、あたしゃ盃せん」いうた。「いやというてもきめたことじゃ」という。わたしが盃せんなら三十円返さなならんという。三十円。どうやって返すな。三十円という大金を……。

わたしはおてんとさんの下のことは、なんも知らん。ただ親を助けたいが腹いっぱいの人間。どうしたらいいな。わたしはその頃は仕事上手になっとった。マイトくりでは長ノミも男並に使える。わたしは人のように、手の先仕事じゃないばい。足もとにマイト穴をくる時は、こんなふうに両脚ひろげて、ふんばって、両脚の間から穴くりをしていた。先山さんがよろこびよったばい。サト、サト、というてどの先山さんもわたしを後山に欲しがっていた。おれと組んでしようといろんな人がいいよった。大根《おおね》土《と》（大正炭坑）に移っていたよ、その頃は。大根土は人車だった。人車で入坑する。人車に乗る時「おい、サト、ここ来い」「場所とってやったばい」「落ちんようにつかまっとれ」と、誰でも声かけてくれよった。

わたしも人並に十九の娘ざかりになりかけていたのじゃろ。けど、人並よりこまいから自分じゃ色気もなんもない。「まんなかにいれとくれ、落ちるのいやじゃけ」というて男らのまんなかに坐りよった。

そんな子どもに、あした盃せい、という。十九になったばかしじゃった。数えどしで。三十円も借銭がある。わたしには親孝行したいの一心しかなかろうが、泣く泣く盃した。髪結うてもらいもらい涙がなんぼでも出た。

見たこともない男のとこに行かなならん。わたしは男のこと考えたこともないおくてじゃ。三十円借銭した相手はヤモメの人だった。二十四を頭に男ばかり子が三人おった。二十四の頭息子の嫁になった。なって、たまがった。なし、こんなことするとじゃろうか。逃げて帰りたかった。

ほんに、うぶだったとばい。今どきの人がきいたら、あほか、というばい。けど、体ができとらん。貧乏な親を助けたい一心で、体ができとらんだったとじゃろ。嫁になって、わたしの賃銭の半分は親に送った。そんな約束だったたと。

嫁いった先は男ばかりじゃろ、わたしは主人とひとつ切羽。おとうさんは弟たちと三人でひとつ切羽になった。主人が先に仕事に行って、わたしは片付けをしてあとから切羽へ行く。ある日マブベコ(坑内用腰巻。一尺ほどの長さで後だけやや長めになっている)に着がえていたら、十九になった弟が後から抱きついた。わたしがなんぼ力仕事しよったからって、男の、力まかせにゃ及ばんよ。後からムスコをかちんかちんおっ立てて、しかかってきたもんね。「なんするとな!」というて、わたしはうっつぶしたばい。嫁いって、間なし。誰も居らん……。

だいたいが、ヤモメのおとうさんがわたしに惚れとったとたい。おとうさんがやかましゅういうて、わたしを呼んだとじゃもんね。わたしはなんも知らんで行ったが。それで、わたしがおとうさんの傍に居ないと、機嫌が悪い。主人は女あつかいを知らん男でね、悋気ばかりする。いっときもわたしをひとりにしきらん。

上の弟が、わたしが炭車につける名札をとって坑口のほうに行きよったら「ねえさん、俺と逃げよう。あんたのような人、炭掘らせるの惜しい。俺は魚とるのが好いとる。金も五十円持っとる。一緒に逃げて魚屋しよう」といいよってきた。

わたしはおとうさんのことも弟たちのことも一言も主人にはいうとらん。主人はただもうわたしを一人にせんごと、そればっかり。わたしはなんべん、こんなところ、逃げて帰ろうと思うたか知れん。主人はなんでも器用にできる男で炭坑にゃ珍らしい男だった。音楽きちがい。鳴りもんはなんでも上手。三味線からバイオリンまでひきよった。キャッチボールの選手。唄は天才じゃったね。けれど、女あつかいが下手たい。女をあつかいきらん。悋気ばっかりして。おとうさんは、まあ、遊び手じゃね。ばくち打ちじゃね。

わたしはどうにも我慢ならんで三年間しんぼうして、腹に子が入っとったが、家に帰った。三年しんぼうしたから、何度迎えに来ても、いやばいというて行かんだった。もううちのおとっさんも文句をいわんだった。

あれから水非常で、主人は死んだばい。思えば、よか男だった。まあだ若かったとじゃねえ、あの頃は……、あの男も。

話をしながらおばあさんは幾度も涙をぬぐいました。同じ話を私はこの人から何回もきいていましたが、話のたびにその頰を涙がつたいました。

■　■　■

このおばあさんが「信心より意志ばい」というときの、信心とは、戦前までの炭坑で誰もが気にしていた、さまざまなタブーのことです。思ってみれば、ほとんどの日本人にとって、地面の下の労働など、想像の手がかりさえない未知の世界の仕事でした。おてんとさまの恵をうけて、種子をまき、収穫をして生き継いでいた日本人には、地面の下はそのまま死者の世を思わせました。炭坑は、生きたまま墓に入るようなものだ、と、いわず語らず後山たちも思っていたのかもしれません。

そこで、さまざまなタブーが生まれて人びとの安全を守っていました。穴といってはいけない。死人がでた家のものは坑内に入ってはいけない。子が生まれた家のものも血で汚れているから入坑は禁止だ。女の月のさわりも坑内に入ってはならぬ。などなどいくらもありました。死や血を忌みながら、必死の思いで、誰にも忌みきらわれていた地下の作業場へ降りて、そのいのちを守ったのです。

坑内の作業が機械化され、労働組合ができて安全を主張するようになって、ようやく、すこしずつこのタブーはうすれていきましたが、幕末から掘りだして百年のあいだ、いつもガス気のただようくらやみに、裸の灯火をさげて降りていった人びとがいたのです。その人びとのほとんどが農民の出であることに、私はいつも戦慄を覚えます。太陽の恵を誰よりもつよく知っている人びと、育つもののゆたかさを誰よりもふかく知っている人たちが、その伝統と相反するくらしをはじめたのです。光のないところで、働けば働くだけ減っていく地下資源の掘りだしを仕事としたのです。機械の手助けもなく、裸の肉体だけで。

このおばあさんは炭坑で生まれた人ですが、親たちは農民でした。それで親たちは人並に、タブーにこだわりました。わけても母親は、農村で習慣となっていた忌みごと、たとえば死人があったら数日のあいだはよそを訪問しない、とか、山仕事には行かぬ、とかいうことと、炭坑の仕事はそんなタブーをどんなものに強めてもなお命をとられてしまう事実とにはさまれて、あけてもくれてもひたすら信心をしました。特別の神仏をおがむのではありません。おがみやという名の、年寄りをたよっていくのです。この母親のような人が戦前までの筑豊炭田の人の大多数でした。地面の下には坑内非常で亡くなった人びとの、霊がさまよい歩いていました。

が、そのおがみやさんにも、地下で働くものの安否をつかむことはできない、ということが、この話し手にとっては、大きな衝撃だったのです。おがみやさんは世のすべてをみとおす人だと思われていました。おがみやさんは女性が多いのですが、山伏修行をしたという男たちも炭坑の内外にいて、人びとの安全祈願やその他もろもろの願いごとにたずさわっていました。その人が、地下に数十メートルもくだってしまった者は、どのように透視しようとしてもみえてこない、というのです。それは、すでにこの世の員数外のものになってしまった思いを、この話し手の心に刻みつけました。刻みつけられた年齢が十代のなかばであったわけです。

彼女はその衝撃を話すとき、いまは老いている赤ぐろい頬に、幾筋も涙をつたわらせます。神さんでさえ、地面の下におるあたしをみつけきらんじゃった、と、そうくりかえすのです。

町の人や、近くの農民が、炭坑もんといってさげすんだり、仲間はずしにするのは常のことで、それには幼いころから堪えて元気に働いていた少女でした。が、神さんもあたしをみつけきらんじゃった。神さんからさえみはなされ、そしてどう生きるか、を、少女は地下の仕事場で自力でつかみだしてきたのです。父親が、きょうはこれでやめよう、というと、とたんにがたがたふるえだしながら。それはとてもとてもおそろしくて、一口にはいえん、と、おばあさんはいいました。

さいわい、というべきではないと思います。が、彼女は月のさわりの日にも仕事をやすむわけにいかぬほどの極貧家庭に育ちました。赤不浄の日に坑内に入るといのちを失う、というタブーを、彼女が自力でのりこえ、人間は信心より意志ばい、ということばを発するようになるまでの、その目にみえぬたたかいの日々。それが、私の肝をきりきりとにぎりつぶしていくような、そんなおののきを覚えるのです。

共有

ほかの地方にもあんた行ってみなさったですか。鉱山地帯にある雰囲気はちょっとほかにないでしょうが。なにがちがうとあんたは思わっしゃる。わたしはね、それは人間の愛情がちがうとじゃと思いますばい。愛情の深いのは鉱山地帯ですばい。どこの町でも、どこの村でも、炭坑人の愛情にはかなわんです。あんたもそう思わっしゃるちの。そうでしょうが。ひとのこたあかまわんちゅう気持は、こりゃあ町のもんの気持ですばい。どこでも尋ねていってみなっせ、「わたしゃ知らんですばい」と突き放すごたることはせん。昔はもっともっと愛情は深かった。そりゃもう戦争まえとあととはころっと人情が変ったですのう。わたしたちが結婚したとき、ええと昭和二年ごろでしたの、あのころの炭坑は坑夫たちみんな助け合うてですの。愛情がこもっとった。そのこもり方はあんたら若い女性は真似でけん。わからんですたい。あのころのわたしたちみんなの心持ちは、もう現代の女にはわからんですの。

隣近所が親兄弟よりしたしい。男も女もないですたい。隣が坑内からあがってくるのがおそくなっとりゃ、ガンガンに火をおこすときいっしょにおこしといてやる。魚を売っとりゃいっしょに買って煮とってやる。どっかいくときは「おい、このゆかた着ていくばい」「ああ、よか着ていけ」というふうたい。一事が万事、人と我と区別せんと。共同生活ですけん、ひとのことがじぶんのことと同じ苦痛になりますたい。病気でもしてみなさい。出たり入ったり行ったり来たり。どこのだれが病気やらわからんごと気をつかう。貧乏といやこのうえなし貧乏して、みんなばからしい三反田をのうならかして(なくしてしまって)流れこんどる。だれも彼も根っからの炭坑もんじゃない。ここまでくるにはいうにいわれんつらい道を踏んできとる。県ちがいのもんばかりたい。それがどうしてあんな深い気持でつきおうとったとじゃろうか、といまでも思うたいの。

このごろ考えるとに、終戦からこっちがいかんの。すっかりこわれっしまったの。昔のあの気持はがらっとくずれっしまった。なしじゃろうかと思ったが、あれは引揚者が入りこんでこわしてしまったように思う。

引揚者はいかん。じぶんらはもともと炭坑なんかにくる人間じゃない、もっと能力があるが戦争に敗けたからしょうがなく来とるとじゃという態度をしとるの。だれでもそれは同じですばい。だれでも好きこのんで来たのじゃないばってん、昔はそんな人間同士が軽蔑したりはせんじゃった。

糞のでるごと男でも女でも働いた。働かな食っていかれんだったが、精神は昔のほうがずっと立派だったと思いますばい。なんといったらいいでしょうかの。くらしは今のほうがようなったたい。どこでもテレビ、電気洗濯機、電気釜、扇風機をそろえとるし、子どもは大学へやるもんもおりますたい。おるのはおる、けれど精神はすたった、と、わたしは思っとりますばい。

昔はみんな学校へいっとりゃせん、無籍者ならず者は多いし、へいつくばってくらしちゃおったですよ。けれども心持ちはぴたっと呼吸が合うとったの。ひとを踏み倒してじぶんだけ出世しようという考えはなかったばい。今の炭坑にも、昔のそんな気風が全くないとはいわんですよ。ほかの地方とくらべるなら立派に残っちゃおりますたい。けれどもね、わたしらが若い頃にくらべりゃ人間がこもうなったですの。川魚を釣りにいくでしょ、そうしたら隣へいってこれを百円にしとくから買うてくれんのというて売りよる。売ったってかまやせんですよ。昔はそういうことはなかったけど、そりゃ売ってもかまわん。けれど売る気持の底が虚栄ですたい。ちっとでも金溜めてあそこが買ったあれをうちがたも買おうという気持ですたい。町方はそんなことが実に多いげなですの。アパートの虚栄とちっともかわらんのが炭坑にもはやりよる。もう炭坑も駄目ばいとわたしは思いますの。

それというのも昔はぜんぶが仕事にいって、坑内というおそろしいところでいっしょに働きよりましたけんの。遊ぶもんはひとりもおりはせん。ところがいまは女は仕事はせんで、ああ今月は三万じゃった、うれしい、冷蔵庫を買おう、と、そんな話がおおっぴらですばい。男が汗水たらして坑内仕事しますじゃろ。それを、ああ今月は三万じゃった、と計りよるとだからね。女はありがたいもんですばい。民主主義というけどね、わたしはそんなのは民主主義とは思わんね。利己主義ですたい。そげな気持を炭坑にもちこんだのは引揚者ばかりに罪をきせちゃいかんけど、利己主義というのはあの人たちの身についとるごたるね。海外で教育されたのとちがうかね。利己主義というのはありゃ共産党のことじゃろ。

それでも炭坑は労働組合がありますけん、町方のごとひどいことにはならん。住みよく共同でくらすようにしよりますよ。女でも堂々と発言できる。炭婦会とか子ども会とか女の発言できる機会も多いですからね。けど、それがね、わたしはいいことと思いますよ、それでもね、家のなかでぶらぶらしてしゃべることだけうまくなってもね、こりゃ民主主義とはちがうとじゃないですか。わたしは昔の女のほうが、いまの女性より堂々と発言して堂々と仕事しよったと思うがね。若いもんはぜんぶ仕事に行きよった。ぶらぶらするものはぜったいにない。いまのもんは働かんほうが幸福だと思っとるのとちがうかね。ニコヨンでも土方でも探せば仕事はある筈と思いますばい。働きにでて仕事がないということはないよ。わたしたちは「負けるか」という気持がいつもいっぱいだった。いまの女性はそれがない。虚栄はることにばかり負けん気だして紅化粧しての。

わたしが入った坑内は五尺炭と三尺炭とあったね。丈が一メートルくらいしかない坑道をセナを担っていきよった。炭丈の低いところは尻の下にドンゴロス敷いて足を前に出して、その足の上に体を斜めにたおしかけるようにうつふせて掘るたい。ドンゴロスは小さな座布団くらいに折って腰から紐でさげていたよ。それをずるずる尻の下に敷いたまま進んでいきますたい。

坑内仕繰りは他人の婿さんといくことが多いたい。相手が独り者のこともある。そうすると月日がたつうちに愛情がうつる。移るのがほんとうたい。協力して仕事をせな命にかかわるとじゃから。十人に一人は好きなひとと逃げますたい。もともと坑夫たちは、逃げるだんどりをしてやってくるとじゃけ。

わたしら？　なんの、恋愛じゃろか。見合いたい。ほんなこつ惜しいことに見合い結婚ですたい。叔父さんが飯場しとりましたけ、そこの御飯炊きにあずけられたと。そこにうちのひとが流れてきたわけですたい。あるひとのすすめで見合いしたと。うちのひとはあちこちけつわって来たげな。

「中間《なかま》は中宿」といいよってね、中間の炭坑は規則がやかましくなくてね、住みよいとこでしたたい。それであっちのヤマからむこうのヤマへ行く人は、中間町のヤマで二、三日働いて骨休めして次のヤマに移りますたい。借金でけつわったもんが、ふうらい坊のごと腹ぺこぺこして来ますたい。「どこどこのヤマをけつわってきました」といって飯場にくると棟領が「働く気あるか」ときく。

「いっちょ頼みます」

「よしめし食え」

それで終りですたい。そんな流れもんのために台所にはいつでもおひつに五升くらい御飯をいれて置いとりましたばい。五升はいるおひつは大きいもんです。食べ終ったら手拭いと仕事道具を貸して「さあいこうか」と坑内へ連れていきますたい。

これは独りもんのときで、めおともんは肩入金を貸して小納屋ひとつあてがいますたい。肩入金はありつき金でそれで道具を買ったり米買ったりするとですばい。三人働きで五十円、二人働きで三十円くらい貸しよった。一週間おきに勘定を大納屋からもらうとですけどそのとき少しずつ肩入金を引いてありますたい。

そんなふうな坑夫が一カ月とか一週間とか働いてここはつまらん、いうてけつわりますと。「けつわるけん買うてくれんか」とわずかばっかり買うた鍋やら丼やらを売って金こしらえますたい。着のみ着のまま次に移る。それで炭坑は空き家が多い。しょっちゅう入れ替っとる。

飯場の飯炊きは男一人に女三人いましたばい。めしたきさん、とは呼ばん。まーかん、と呼びよった。わたしらのことを「おい、まーかんおらんかあ」といいよったですよ。男は五十くらいの、もう坑内仕事があんまりできんような年寄りで、買物係ですたい。米とか野菜とか買い出しにいきますと。

百人からの賄いですけの、買物は買物でかかっとかないかん。なんかなし日に一斗五升の米がいるとじゃけ。百姓が毎日もってくるけどそれだけじゃ足らん。女三人は交代に御飯炊きですと。

朝二時に起きますばい。一斗炊きの平釜に五升からそれ以上の米ば炊きますたい。それから大きなべんとうを四十いくつばたばたつめて、スリッパをぱたんぱたんぱたんといれていくですたい。スリッパちゃなんかわかんなさるまい。ほら汽車のレールの下に木が並べてあるでしょうが、枕木ですたい。あれを炭坑じゃスリッパち、いいますたい。べんとうのスリッパはタクアンのことですばい。タクアンを枕木のごと太う長う切るたいの。上品なことできるもんの。毎朝タクアンだけでも二十本から切らないかんとですけん、ぼすぼすとんとん、と切っての。大きな丼鉢に山んごと積むたい。べんとうにはスリッパどんどんつめて、ぱたんぱたんとふたしてこれまた大きな風呂敷にくるくる包んで、ずらっと並べますたい。

「ちゃ、またべんとうはスリッパかあ」

「なんちいいよるの。ぼやぼやせんでめし食わんの」

そして太鼓ガンガンに水つめますたいの。二升はいるとばい。それでも坑内じゃ足らん足らん。太鼓ガンガンとは、ほら子どもの叩く玩具の太鼓たい。あれそっくりですと。まんまるくて、ぽこんとふたがついとる。ブリキ屋さんが作って売りにきますたい。売店にも売っとったの。そんなものに水二升いれてこれもずらっと並べとくと、べんとうと太鼓ガンガンをとって一番方が四時に出ますたい。

あんた、あの飯台みたらびっくりするでしょうの。畳二帖の飯台に五升いりのおひつや鍋がほうりだしてあるとですけ。起きて来たもんがそこにある茶碗箸を使って勝手気ままに食べてほうからかして入坑するとですけん。それをまた次のもんが使うたりして、一番方が出てしまう。

やれやれと片付けはじめて、片付け終るのが八時。それから二番寝をしますと。二、三時間また眠るとですたい。

昭和七、八年から十年ごろまでは、住みやすかったですよ。冷やめしなんか食われるか、いうて捨てよった時期ですたい。豚の餌に、農家の豚飼いさんたちがもらいにきよりましたばい。いま五百円の酒が一円二十銭、豆腐が五銭、サラリーの奥さんはトーフ半丁買いよってだった。わたしらは一丁買いよった。サラリーの奥さんとは、職員の奥さんたちですたい。

社宅「おくさん」大納屋「おかさん」
　小納屋「ごりょん」た誰がきめた

と坑内唄がありますたい。いまはこの炭坑の家も社宅といいますけど、昔は職員は社宅、坑夫は納屋ですたい。わたしらはついいつまでも納屋といいますばい。サラリーより坑夫がぜいたくしよった。食べものはサラリーよりずっと坑夫がよかもんたべよったですの。サラリーは能力が高い。中学出や工業学校出を取りよったけん能力が高いというて、ちょっといや坑夫どもには鼻もひっかけん。坑夫のほうは子どもにいたるまで食い道楽させての。

伊達の道楽じまんの借り着
　すきなことして死ねばチョン

とこれも坑内唄ですたい。好きなことして死ねばチョンばってん、子どもはあわれなもん。教育ということを坑夫は知らんじゃったですの。いや知らんとじゃないですけど、子がちょっと太うなりゃ坑内に連れていく。食い道楽もそんなにして皆働いたあげくですけんの。籍にはいれん。嫁さんも同じこと。それで内縁の妻は多い多い。そして子どもが大きくなってしまって、どうでも籍にいれとかな、いうようになって嫁さんもいっしょにいれますたい。そんなふうでしたねえ。

さて、それからぼつぼつ昼仕度。昼ごはんは午後二時ですばい。二番方の入坑が午後四時ですから、昼ごはん用意してまたべんとうつめて、「ごはんできたばい。起きて食べんな」と呼びます。それからが、だんだら畠のごはん食べですたい。きまった時間のごはん食べじゃないですたい。一番方の上がりは自由ですけん、いつまでも片付けられん。のそん――早引きのことですたい。のそんして帰ってくるものもあるでしょうが、それが食べる。いつまでもだんだらと続きますたい。晩は五時頃炊きます。そしてそのままほっぽり出しとく。それから十二時までわたしらは起きときます。十二時になったらさっさと寝るとたい。

そしてまた翌日一番方が出る。女もこんなに短い腰巻してね。うしろがちょっと長くて。若い女たちは坑内に入るのにおしゃれして、紅化粧して手拭いかぶってね。近辺の百姓たちの女が、

「あげんつくろうて、坑口までのみせもののごたるね」

というくらい、いきな恰好して行きよった。

きりきりとかんざしまげして。櫛巻きにしているもんもいましたばい。かんざしは赤い玉や青い玉のついたのですけど、知っとってかな。そうそう祭りや夜店なんかに戦争まえは出とったろうの。それですたい。つとなんか出さんでみんなそんな髪して入りますばい。絣の上から白い晒をきりりと巻いとるけど、坑内は暑いので脱いで仕事。まっくろになってかえりは着物かたげてすたすたかえる。腰巻も暑いいうてタオルをくるっとまいたなりの女もいたりしてね。

納屋のすぐ先に店がいくつか出とりました。「通い」で買ったり。「通い」は配給所からだしますたい。紙切れを二つに仕切って、半分は店にやって、半分は控えにして通帳に残すとたい。そして給料から引きよった。酒屋があったり飲み屋があったり百貨をあつかう大きい店があったりして、むこうの通りはちょっとしたところでしたたい。ほら、いま唐戸《からと》のほうに大きい酒屋があるでしょうが、あれもそこの炭坑まえの酒屋だったけど、もうけ出して町さへうつらっしゃったですたい。

坑夫は「通い」生活で、お金が多いときは食い道楽、人間は同情深くて「下駄はいてくぞ」と人のもんでも我がもんですたい。ことわってはくのは行儀のよかとですね。ことわりもなんもせんでも、ゆるし合うとる。堀川の川端は料理屋ばかり。勘定受けたら一晩行ってかえってきやせん。ああ勘定の次の日は坑内入るもんは少いですたい。棟領も人繰りも何ともいやせんです。「おい、またから(つぎから)きばらな(がんばらなければ)つまらんぞ」というぎりですたい。坑夫も「小使い貸しちゃんない」と借りたりしよった。

「なんぼか」

「二円」

「ばか、勘定きのう受けたろもん」

へへへ、と笑いよる。

一体に大正炭坑の納屋頭は坑夫をかわいがりましたの。ここは、赤銅《あかがね》御殿の伊藤伝右衛門さんの炭坑ですたい。白蓮夫人を知っとんなさるか。そうですたい。歌よみさんでの。白蓮さんに捨てられなさったろうが、伊藤さんな。その人のヤマたい。規則がうるさくないし、物価がやすかったですばい。

大納屋の棟領は坑内仕事せんです。ときどき現場を見にいきますたい。棟領の下の人繰りが三人くらいいて、男女あわせて二百人くらい子方にしとる坑夫を繰り込みよった。人繰りも坑夫をかわいがりますばい。炭を出してもらわなならんでしょうが。じぶんがたの坑夫をよか羽切にいかせようと気をくばりますたい。

坑内はですの、まっすぐ先へ掘っていくぬびさき〔延先。坑道を掘っていく先〕と、その両側にのぼりと卸しとありますたい。小頭さんいうて、いまでいや坑内の現場係りが伝票書いて人繰りへ渡すたい。どこを誰が受持つということが書いてありますけん、それを坑夫は人繰りから貰って仕事場に行きますじゃろ。掘ってみて、どうも炭が出ん。出ん割に労力がいるときは、人繰りさんに「あそこのぬびさきはようないばい。替えちゃんない」という。「ああ、あそこは悪いけ、そんなら卸しに行かんか。箇所替えせんな」いうてしてくれますたい。場所によって、なぐれたりもうかったり。金にならんときはそげんして箇所替えしてもらいよったですばい。

結婚して飯場の仕事やめて、坑内しましたけんの。でもどれだけ大納屋が歩合いをとりよったか知らんですたい。ほら、俳優に高倉健ちおるでしょうが。あの人のおとうさんは小田さんというて、ここの労務係長しとってじゃったばい。さくらのステッキついてみてまわりなさった。大正炭坑はやかましくないといっても、炭坑はそう変るもんじゃない。やっぱりどやしあげたりもしよったですたい。

坑内で煙草喫ませよったですばい。火番に行って吸いますたい。「やれ、いっちょ火番に行ってこう」と行くと、六十くらいで労働できんような年寄りが坐っとりますたい。毎朝、「萩」の大袋をいっぱいかかえて入る。真鍮のきせるで十服とか十五服とか喫んで、「おい、番じり」といって後で待ってる人にきせるを廻しますたい。

わたしたちは子どもができると、個人の家に預けよりましたたい。家に年寄りがおらんとこはたいがいそうしましたの。「ばあちゃん預ってくれんね」と頼みますとの、一日四十銭くらいで預ってくれよったですたい。

「うちがたの孫もおるけん、いっしょにみとっちゃろう」

いうてですね。一人で一日二円から二円五十銭働きよった頃たいね。昭和三、四年ですたい。ばあちゃんは二人くらい預っとる人もおったですばい。炭坑の病院に産婆さんがいましたけんね、お産のときはきてくれますたい。怪我は炭坑の病院にかからないかんじゃったけど、お産は自由ですけん、町にかかろうという人もいてね。いろいろでしたたい。

大納屋に入墨師がおった。流れもんですたいね。むかしは入墨いれにゃ男じゃない、いうもんたちがおったでしょうが。あんな人たちがいれてもらうとですたい。いれよる現場をみたことはないですけど、女でも入墨したのがおったですばい。やり手でね。竜とか牡丹とか。般若の面に桜ふぶきをいれた若い男がいてね、素面のときには般若しかみえんとですよ。酒のんだり風呂に入ったりすると、桜ふぶきがぱあっと散ってね。脚に桜が散りよる。きれいでしたばい。色が白くて肉づきがいい男でね。素面のときにみえんのは、おしろい入墨だそうですね。なんかなし、おしろいをいれるとじゃといいよったですよ。

大正十二年ごろじゃなかったかな、日進館という映画館を棟領が金出して建てましたたい。いまの毎日館ですけどね、あれは日進館のあとですたい。棟領が映画館を建てたところが、おれんところの棟領が建てたとやけん、ちゅうて子分がどんどんただで入りますたい。それでとうとう倒れた。見せ倒れですたいな、これこそ。一年くらいのもんじゃった。子分もただ見したばってん、川筋のボスもただで入りましたたい。誰でんただ見するとじゃけ。ははははは。

もう一つ、弁天座があった。あのころはね、わたしらの人気は「おのえのまっちゃん」尾上松之助たいね。無声映画は「新馬鹿大将」がはやったたい。現代劇は水谷八重子じゃったね。封切りが十銭の普通が五銭でね。おすしやら煮しめやら持ちこんでみにいきよったよ。

働きよるころはたのしかったですが、昭和八年じゃったか、女は坑内に入れんごとなってしまってな、こげなふうになりましたたい。

■　■　■

炭坑町のある食料品店で買物をしながら、むかし坑内労働をしたというおばあさんのことを店の女主人と雑談していました。このあたりにもそのような方がいらっしゃらないかと尋ねるまで、そんな準備体操のようなことが大きなヤマになりますと必要なようです。炭坑住宅のまわりがすっかり町らしくなっていて、炭内労働の経歴がいまは差別的にみられますから、最初からこちらの労働観をあかしておくほうが勝負が早くて都合がいいのです。

店のすみで棚のかんずめを拭いていた娘がちらちらこちらをみていましたが、

「あたしのおかあさん働いとったんよ」

といいました。

「すぐそこだから連れてってあげていいやか」

店のおかみさんに問いました。無表情にうなずいたおかみさんに礼をいって坂道をのぼっていきました。若い娘がこのことにこんなふうに積極的だということも少いのです。テレビアンテナの並んだ炭住街をつき切って行きますと、小高いところに農家を改築したまああたらしい家がありました。

「おかあさん、この人むかしの炭坑のこつば聞きたいげな。うち忙がしいけ行くばい」

と奥に呼びかけて走り去りました。

家の中は風が吹きとおり、表彰状がかけてありました。それは壁のおちた小ヤマの失業者の家でも、大手筋の社宅でも、かもいの上にみられる採炭成績良好の表彰状です。初老のおかあさんはシュミーズにスカートだけ着た姿で、庭先に見事に咲いた夏菊やグラジオラス、アスタなどを切りとって近所の婦人にわけているところでした。

「むかしの炭坑の話ですか。みてみなさい。わたしはいま花ども植えておちぶれとりますたい。むかしは働いたとですばい」

そういい、四、五本のききょうを持ちあがり水盤の根じめに無雑作にさしながら、

「しょうがないたいね。することがないもんで花ども活けたりしよるとですばい。ちっと涼しかごとみえるでしょうが。そげなことどもせな」

といって坐りました。

「炭坑のことを話すと地方のものはみなまちがって考えますよ。どうかほんとうのありのままの炭坑をみてください。よかごたるふうにみてもらわんでいいです。ありのままにみればいいとに、地方じゃそうみんですけね。新聞でも週刊誌でも写真でもみんなちがいますばい」

とくりかえしいいそえました。このおばさんは納屋制度下の坑夫たちの連帯感を強調しましたが、それは下町のヒューマニティと通じあうような形になってしまいました。彼女のなかにはもっといいよどんでいるものがあったにちがいないのですが。

整理してよどみなく話してくれたのですが、おばさんはものたりない様子で、縁先にねそべっていた夫へ、

「そげんじゃろが、炭坑は昔のほうがよかったない。うちがいうたこつだけでよかろうか」

といいました。

「昔は、みんな貧乏で人を裏切るごたる悪がしこいもんは炭坑には住みきらじゃったたい。いまは人をけたおしてでん出世しようと考えとるもんが多いたい」

と夫が起きあがってきました。停年になっているこの夫のほうがはるかに若くみえ、おばさんは彼の合槌を得てもみたされた様子ではありませんでした。

地表へ追われる

明治上中期
川船舟頭
（石炭運送）
親舟積載量一万斤（六トン）水流を
利用すれど速度を早める為サオを使う。
へ遠賀土手行きゃ雪降りかかる。
帰りゃ妻子が泣きかかる。
へ遠賀下れば山部で泊る。

そのころはこのあたりは藪ばかりで、おいはぎが出るようなところだったですよ。細い道がこのすこしさきのほうを通っているきりでね。あたしらの納屋がひとかたまりあるだけじゃった。草屋根の……。横手のほうにボタが捨て散らかしてあったと。ああ、そのころはボタ場といっていましたばい。三角にとがったあんなボタ山はなかったとですばい。百斤籠でかろうたり(担ったり)車ではこんだりして、そこらへんにボタを捨てるばかりでね。どこに捨てようと邪魔じゃなし。いまのごと石炭をさらい取ってしまわんでこまいのが沢山まじったままでしたばい。そげなボタや藪なんかのあいだに納屋があったとですけん。

坑夫納屋は、あたしらの納屋から小さな藪ひとつむこうに、かたまって建っとりました。あたしらの納屋は選炭納屋といいよりました。部落は、昔は差別のひどいもんでの、あたしらは坑夫納屋には住んどりません。男は坑夫をするもんが多かったとですけど、いかんもんは籠を作ったり鍋の修繕をしたりですの。あたしらは十二、三のころから納屋頭の指図で仲仕をしたとですばい。おおかた娘ですたいね。選炭納屋の納屋頭がおなごを連れて仕事場にいきますと。ヤマのおなごの仲仕はみな選炭納屋のもんでした。

娘たちはうつくしいですばい。みんな白か黒で自分の股にぴちっとあわせてキャルマタをつくりますたい。自分で縫うとですよ。そして短い、ほんにこげん短い絆の腰巻をしてね。その上から尻がすれすれにかくれるくらいですの。そして絆のマブジバンを着てね。晒を腰に巻いて結びますたい。姉さんかぶりをして、仕事をするときと、かえるときと晒や手拭いをとりかえるもんもいたりしてね。いい、いきな愛らしいもんでした。そして、川舟船頭が待っているところまで、車で石炭を運ぶとですばい。

二十人くらいの娘たちがわいわいさわぎながら競争で運びよりました。仲仕の仕事もきつかったですばってん。若いですけんの。走るごとして運ぶとですよ。石炭置場から。おとよさんといって色の白い美しいおなごがおっての、船頭たちは、「おとよさんの顔みらにゃここはのぼれん。のぼりもされにゃくだりもされん」といいながら舟を出しよったのう。船頭は、たいがい威勢のいいもんでしたばい。

川舟ですか？　この人は、十五、六のときから川舟に乗りよったげなですけん、川舟のことはこの人から聞いてみなさらんの。

そうですの。わしゃこの先のほうの百姓じゃったばって、どうもこうも食われん。そのころの川舟は景気のようなるばかりじゃ。そいけん十六のとき舟に乗ったの。どうやらこうやらさばけるごとなったのが十九で、舟一つ買ったとばい。大きな木の舟じゃ。石炭ば一万斤、六屯ですの、積みこんで遠賀川の堀川を若松さへくだるとたい。舟が一隻のときは艫から舵をとるばってん、二はいつないどるときは後の舟から舵ばとっての。風のいいときは帆をかけてくだると。潮どきは朝早うくだればその日の夜十二時か一時ごろはのぼってきよった。潮をみて動くとじゃけんの。調子のようなかときは、三日も四日もかかるし、田植えどきともなりゃ堰をせきとめる。水を田に引くから、堀川の水が少うなって舟が出せん。一日も半日も川のうえで待っとかにゃならんたい。だいたい日に一回は開けるごとなっとるばってん。一週間も十日もかかることもあるたい。

舟を早う出して、また早うかえって、荷の番を取ろうとするから、おおごとじゃ。

我勝ちに出ようとする、舟にゃ切れもんを持っとるから、喧嘩になりゃたちまちじゃ。舟つき場には巡査がおって、「こんだおまえの舟、その次はおまえ」と毎度整理しよった。

くだる舟、のぼる舟と、ひところは六千もそれ以上もいたろうの。大隈《おおくま》、木屋瀬《こやのせ》、芦屋《あしや》とあちこち川舟の泊りがあったばってん、芦屋のもんが一番わるかったのう。川筋のもんは気が荒うて、喧嘩ばやいが、芦屋がいちばんじゃ。いまの人間はやさしゅうござす。カシ、サクラのカンズカで叩く。切れもんば持ち出す。料理屋じゃ、バクチじゃ、ちゅう、そりゃ景気なもんじゃった。若松の新地はそげな盛り場じゃったの。

わしら、炭坑から一年のジョウヤク金(契約金)ば四十円ばっかしもろうて、――百円ぐらいにまでなることもあったの――舟ば出すたいの。一ぱい出しゃ新手《あらて》から若松まで二円四十銭じゃ。そして行ったたんびに少しずつ金ばヤマに返すとですばい。月に五、六度もくだりゃよかけど、一回か二回のときもあるけんの。船頭には組親ちゅうのがあるたい。十人とか二十人とか組親のとこで一緒に仕事ばするとたい。遠賀川沿いの組親の親分は、小田儀三郎さんじゃった。舟は行きがけにヤマの送り状ばもって行くたい。途中に見張所があっての、そこで一舟三銭おさめにゃいかん。小田さんが取りしまっとってじゃ。その金で堀川の修繕やら何やらさっしゃるとたい。若松や戸畑《とばた》にも大親分がおったの。

わしゃ十二人の若かもんば置いとった。みんなそれぞれの持ち舟に寝起きするとたい。十二人もおりゃ、世帯舟は三ばいもいる。ごはんのときは一緒じゃ。西洋くどちゅうて石炭でごはんば炊きよった。そげんようけ炊かにゃいかんじゃった。世帯舟はそりゃなんでも持っとるばい。タンスでちゃ戸棚でちゃ舟の中に持っとる。ハンドちゅうて瓶に飲み水を汲んでいれとるたい。人数の多かとこは空いた酒樽にいれとったの。

トマを帆柱にゆわえつけて屋根にして、畳一枚敷いての。畳一枚で五、六人の世帯ばするとじゃけのう。石炭の上にゴザ敷いて坐りよったが、ごはんのときは畳一枚の上に五、六人坐るとじゃ。女房子どももおるとじゃけ。子どもは石炭のうえが遊び場たい。若松さへくだるときは、米一俵積んでいきよったよ。そげん食うけんのう。漬物やら野菜やら魚やら、なんでん舟は持っとる。遠賀川の水は、そのころはほんにきれいかもんじゃった。朝早う川に汲みにいったりしよったがの。太平ちゅうて阿波《あわ》から来とった仲仕が茶飲みでの、毎朝、手桶にいっぱい水ば汲んできて茶を立てよったが、きれいに澄んでの、ハンドに汲みためとっても濁るちゅうことはなかったばい。川舟は、遠賀川じゃなくて唐戸から遠賀川の水ば引いてある堀川ば通っていくとじゃ。

トマはの、男茅で編んで作ってあると。トマ売りが六枚三円で売りに来よった。百姓たちが作って暇に売りにくるとばい。雨が降っても漏るようなことはないたい。舟は雨ぐらいなんともなか。シケの日でも早う走って次の荷ば取ろうと思うもんじゃけ、よっぽどじゃなからな、泊りゃせん。海へ出ると、シケの日は沈むもんもおったの。

若松さへ出て、問屋の船に石炭ばほたくりあげる(投げあげる)と。大きな船は籠で担いあげよったばってん。そしてなにより先にすぐ風呂さへいくとばい。のぼり荷には、坑木やらレンガ、砂糖、果物、醬油、酒、魚、野菜、下駄など沢山問屋から頼まれてもってかえると。雪が降ろうが、ハダシでの。気のきいたもんが藁ぞうりば履いとるくらいじゃ。そして舟を何ばいもつないでの、「よいしょ、よいしょ」とみんなで縄で引いてあがっていくとばい。のぼりは舟を引いて、堀川のつつみを三里もそれ以上も歩くとじゃ。冬はもうおおごとじゃったの。

船頭は威勢もよかったが、ぬすと(盗人)みたようなもんじゃ。のぼり荷を問屋から頼まれるじゃろ。酒を頼まるると、タガをずらしての、錐で穴あけて麦藁でチュウチユウ。竹のくだばさしこんで一升とっくりにジョウジョウいれて竹の箸をさしこんでおくたい。そしてタガをとんとんと前のごとしておく。

醤油も買うたことなしじゃ。鱒やら盆のころはようけ頼まるるから、一本抜いたってわかりゃせん。わかったって、そんくらい大目にみとる。そうせにゃ、舟しかなかもんの。汽車じゃバスじゃあるわけじゃなし、文句いったら持ってきてやらんぞ、というふうなもんたい。

砂糖は白、黒、中白、ザラメ。その袋をよかおなごに投げあげてやりよったね。あんまり抜きとったときは、オカへあげるときにわざとほたくりあげると。袋が破れるたい。そげんせにゃの。破れっしまや、たいがいわかりゃせん。

そうして舟成金になったもんもおるたい。いま飯塚で大きな紙屋をしよるが、番頭三十人も使うての、あれも舟成金じゃ。貝島さんも船頭じゃったたちはなし。伊藤伝右衛門さんは油売りじゃったかな。舟じゃったかな。なんかなし小金を貯めたもんば炭坑に手をつけよった。あのあたりは、ちいと掘りゃ石炭が出よったもんじゃからのう。狸掘りはあっちでんこっちでんありよったよ。

船頭はたいがいこの川筋のもんじゃったが、広島や四国、宮崎、鹿児島のもんもおったね。香月線がでけて舟があがった。わしゃ、大隈、岩崎、新手、どこでも積みよったが、だんだん不況になっての。おおかた汽車に積むごとなって、舟やめて炭坑に入ったとたい。船頭は、おなごもおったとばい。

このじいさんの話で川舟のことはちっとわかりなさったかの、あのころ、あたしらが運んで石炭を出しよった川は、いまはもうなくなっとりますと。埋めてしまって川の流れをかえとりますたい。汽車が通うごとなっても、しばらくは舟も出よりましたばってん。炭坑も大きいところからだんだん機械が入っての、コンベヤーは田川がはやかった。機械がつかわれるようになったりするとの、腕の立つもんは機械に腹立てて炭坑を飛び出しよりました。機械のまだなかごたる小さな炭坑に流れて来ての。炭坑は景気がよくなったり悪くなったりするとこでの、川舟が少くなるころはおなごの切り賃もさがりましたばい。

あたしは嫁いって坑内にさがりましたばってん。最初はえずい(こわい)もんですばい。狸掘りのごたるこまい炭坑での、仕繰りも何もかもおなごがしよった。男の仕事とまるで同じですたい。娘がいっぱい入りよったのう。十二、三から入っとりましたばい。親と一緒じゃなかですたい。

あたしの父親は、あたしが十のとき坑内で死にましたと。あたしは父が炭車ば押して坑外へ出てきましたけん。かえりのから函にいれてもらって函置場で遊びよったとですたい。たいがい遊んだけどあがってこんですけん、ひとりで外へ出たとです。いつまでたってもあたしのおとうさんの払いのもんが出てこん。出てこんはずですたい、大荷(大きな落盤)が来て先山も後向もみな死んでしもうとりました。

あたしの一番はじめの主人は函がどまぐれて即死したとです。あたしは捲方へ函押して行っとりました。一緒に入ったとですばってん、あがるときはあたしだけが歩いてですの。ひとりは仏になってしもうて……。

若いものたちが、ほんなこと、よう死によったですけねえ。あたしのいとこたちは、一軒から五人出ていて、五人とも坑内で死にましたと。出がけは一緒、かえって着物を替えるもんはひとりもおりゃせん。五つともぶらんとぶらさがったままじゃった。

あたしの友達は、ほんに信心しよりましたと。娘や若いもんを連れてさがりよったとですたい。函が走ってきて、あっというまにどまぐれて娘に突きあたったとです。即死ばい。

「ほんに神にたのんだっちゃなんならん。うちの娘だけ死んだけ」友達はそういって悲しがりござった。あたしは、信心せん。神にたのむ気になれんですがね。

大正十二年に一時金二百円もらいましたばい。おとうさんの死んだとが日露のころで五円。いとこが大正十年ごろで一人頭五十円じゃった。むげえ(ひどい)もんですたい。おなごひとりじゃ坑内に入りたいと思っても、かっこうな先山をみつけにゃ入られん。あたしはヤマを移っての、苦労しましたばい。納屋頭に縁つづきのもんがおったり知人がありゃ入りやすかですけどの。

大隈は圧制のひどかとこじゃったのう。朝早うから労務が起してまわっての。バクチもひどか。おなごでちゃ酒飲んで、あぐらかいて、尻まくりしてするとですばい。たいがい豆握りじゃった。大豆を握って数をあてるとですばい。納屋での。子どもは裸でふるえとるとですばい。着物をバクチでとられて。

バクチのできるとこできるとこを渡りあるいとるもんもいてのう、喧嘩が多かった、イカサマばかりですけんね。圧制がひどいといっても、強いもんが勝ちですたい。バクチ場の喧嘩は竹槍もってしよったけん、労務も一人二人じゃ近づききらん。今日も切られた、今日も突かれた、死んだ、とねえ。一升どっくり引っさげてがぶ飲みするのと、喧嘩が、炭坑にないようになったのは、さあいつごろからでしょうかの。酒飲めばバクチに喧嘩じゃけ。

あたしがおったとはたいがいこまいヤマばかりですけん、なぐれ坑夫(落ちぶれた坑夫)が多かったのう。百姓も野良仕事のひまな時は入りますと。

坑夫坑夫とけいべつするな
　石炭畑にはえやせぬ

唄にあるように、土地んもんとヤマのもんと気質がちがっていましたの。川筋のもんにくらべりゃ、百姓はつましいもんです。金ためてね。川筋のもんは宵越しの金は使わん、といって入ったしこぱっぱっと使う。それをまた土地んもんは軽蔑しとりましたの。

選炭納屋がなくなったのは、香月線がでけてまあだしばらくしてからでした。納屋制度のなくなったとが、おおかたこんどの戦争に入ってからですけん。馬関《ばかん》のさきから来たもんは金残しに来るとですから、一ところに一、二年しかおりません。同じところに永うおると、故郷のごとなりまっしょうが。あたしも、もうこのあたりが故郷のごとありますけん。そうなるとかえる気がせんごとなっていかん、それにつきあいが多くなると金がいるといってね、一、二年でかわらっしゃるとですたい。

銭の十円も残すといったって、一年もかかります。暇くれといっても、一年そこらのもんにはやりません。肩入金(支度金・前貸し金)をかえしてしまわにゃ。それでけつわるとです。ちょっとでも、もうかるとこへ行かしゃる。大正五、六年には三百円あれば六畳二間に四畳、それにごはん食べる板張りくらいの家はでけよりましたけ。二、三百円ためたら人が借りますけん、つきあいの深うならんごと移らっしゃる。広島、島根から金残しにくるもんは、おおかたこんなふうでした。炭坑におると、どうしてもぜいたくになるというてね。ヤマのもんは口がおごりますけん。ちびちび食うということはありませんけね。

となりに広島からきなった人がおらっしゃったが、金残しなはったね。ソーメンをね、湯をたぎらかいていれてね、塩もなんもいれんとですばい、そのまま、水にさらさんと食べござった。ソーメンの茹で汁は塩味じゃといって。ズイキばいっしょにいれて茹でてソーメンとまざったまま、みんなで食べよってじゃった。

「味がなかろうもん」

「まあ、ちょうどいいが、食べてんな」

ちいわっしゃる。あたしは口にとおりゃせん。あのときは困ったねえ。やっぱり広島の人じゃったが、「ここの炭坑はようなかけん移る」といいなさるけん、

「まあ辛棒しなさい、あたしの切羽はよか切羽じゃけんいっしょにいこう。よう石がでるけん」

というてね、とめたとですばい。しばらくいっしょに仕事ばしよりましたと。うちの娘とそこの娘と父親の後向きにいっちょったときにの、夜十時ごろ、そこの娘が、「おかあさーん！　おとうちゃんがマイトに吹かれたあ！」。

びっくりして走り出たの。坑口にも来るなというばってん、行かずにおれん。みじめなけんね、みられやせんけんの、くるなちいいにこらっしゃった。そういっても、行きますよね。もうだめじゃった。頭に穴がいっぱいあいちょった。

うちのひとは、耳も目もやられてしもうて、見えんごとなっとる。手当ばしよると

ころに事務所から来ての、

「マイトに吹かれたというな。監督所が来ても言うな。監督所に知られんじゃったら、死んだもんのことは考えてやる。守らじゃったら、死んだもんはそれまでたい」。それでの、うちがたは私傷じゃ。昭和二年じゃった。ひどい不況のときでしたの。となりは三百円ばかしもろうてくにさへかえらした。

まえの戦争のときは、大正八、九年ごろからなんぼかくらしようなっとったけど、戦争がすんでからは、働いても働いても赤字。働くほど悪いようになっての。昭和二年ごろは金券ばかりで、石の切り賃はどんどん下がる。機械ばいれてだんだん坑夫は少くしていく。おなごはたいがいに苦労でした。

あたしは、とうとう主人が死にましたけ、ボタ山の石炭ば拾うたりしたと。炭坑には未亡人は少なかですたい。この人がようなかなら、あの人、とさっさと捨てよったの。子は置いて出よりましたけ。主人にひまくださいというもんもおりゃ、こそっと出るもんもおる。今のごとありません。もっとのびのびしとったの。仕事が同じですけん、なんぼか気の合っとらにゃ仕事にならんけの。危ない仕事じゃから。よか先山ばみつけにゃ損たい。

掘進や仕繰りのときの後山は、仕事がやわいからおなごが四分、男が六分がた金ばもらいよったが、採炭のときは五分五分じゃった。不況になって、おなごの切り賃ばさげるごとなってきましたの。それでも仕事は同じですばい。

坑内は棹取りといって、函の分配ばする者がはばきかしてね。恋人やら女房やらのとこには、よう函をまわしてやる。そいけんさっさと石を積んで出られるけど、気のむかん者にはなかなか函をやらんの。みんな出てしまって石を出さにゃいかんからつらいもんじゃ。上役がいばるふうがあって、感情のもつれから、マイトをかける量を加減したりしてね。五本のとこを七本かけてやったり四本にしたり。

いっちょさせたら小頭めの奴が
　特別切羽をやるというた

というふうなこともあったの。ちっとでもよか切羽がよかけん、「どげんか」といえば、知らんふりするようなことでもなかけん。

暗いところですばってん、風儀がふしだらというふうじゃなかですと。冗談に「おれとどうじゃい」というふうなことはしょっちゅういいよりましたばってん、おなごに力づくでどうこうするということはなかったですの。感情がもつれるとですたい。

ヤマは藪のなかを開いていったとですけん、水が不便でのう。たいていつるべで井戸水を汲んどりました。けど水が少なくて、山水を汲みにいきよりましたと。こまいヤマはどこでんそんなふうでの朝早う山に汲みにいくとですばい。湧水じゃというとりましたばってん、雨が降ったらいっぱいになりよった。天気がつづけば涸れての。

大蛇がおる話がありよりましたばってん、あたしは見とりません。洗い水は、ボタ場になっとるところが水溜めになっとって、そこの水を使いよりました。蛇や蛙やら泳ぎよる青い溜り水じゃ。

飲み水にしとった山水の汲み場にの、千畳岩といいよった大きい岩があったとばい。ある朝いつものごと暗いうちに水を汲んでごはんを炊いての、明るくなって水をみると赤くなっとる、へんだなあと思いよりましたと。千畳岩におなごが飛び込んどるとでした。それが水のすくないときで、下の岩で砕けとると。血が流れこんで赤水になったとですたい。昭和二年から景気は悪うなるばかりでの、あたしらでも、もう死のうかと思うぐらいきつかった。

海老津《えびつ》をでて西川に入ったとき、昭和五、六年がいちばんきつかったの。汚い納屋の天井を新聞で張って、荒壁ば張って、棚ば作って、どうやら住めるごとなりゃまた出ていかんならん。そんなくらしでしたの。

町になんか行ったことないですばい。着るもんもないし。何かの用で出たもんは、「町はきゅうくつか」といってすぐかえってきよりました。芝居などいく暇ないですたい。絣の着物一枚。あと坑内着があるだけですと。絣の着物に縄帯してね、男でもおなごでも。草履ですばい。

舟はあがった、不景気はつづく、切り賃はさがる。坑夫はなぐれて、あっちのヤマこっちのヤマうろうろしよりました。川筋でも、ちいと大きいヤマはおなごが入坑するのをきらうごとなってきての、昭和五、六年ごろからもう腕の立つ坑夫でも、立たんとでもかまわんごと仕事の仕方が変りましたけんね。

おなごは坑内じゃなしに、坑外の仕事が多くなったとですばい。坑外も朝六時から夕方六時まで。子の顔は日の目のあるうちにみることはなかったねえ。朝は眠っとるとを負うて保育園にあずけるでしょうが。夜は眠っとるとばかろうてかえりますけん。

大正炭坑は、昭和六年に新手と合併したときに、もうおなごは坑内さへ入ることはできんという命令ば出しましたと。もうそのころは、おなごは働きにくい雰囲気になっとっての。男のほうが、女房に、「おまえ、俺がせい出すけん、まあさがらんでよか」といわにゃおれんでしたの。それでも命令が出たときは、事務所にどなりこむ者もあったですばい。

「おなごばかりやめさするこつがあるか。カカァばやめさすなら、俺もクビにせんか。食われるち思うとるとか」

といってね。まあ、まあ、とおさえて坑外の仕事におなごばまわしよったと。一期、二期、三期とわけて、くらしが割合によかようなところからやめさせましたと。命令が出りゃ、もうしようがないですの。さがりたい、といいにいっても、いけんという。坑口に集って、

「今日は誰さんと誰さんがやめさせられた」

「明日はうちじゃろか」

とそんな話ばかりしてね。坑外にまわしてもらった者は、一日十二時間働いて、五十銭くらい。三期に分けてやめさせたばってん、半年ぐらいの間でしたの。おなごばみんなやめさすとは。

あたしはしばらく坑外におったばってん、またヤマを移って坑内へ入りましたと。こまいヤマはこんどの戦争がおわるまでおなごをつかっとったけんね。採炭気質がぬけんもんですからねえ。吊天井のようなとこでも入って、思うごと腕をつこうてですの、仕事をするのがよかですよ。同じ労働をするなら、坑内がよかですのう。坑外におれば、後山たちがうらやましかごとありますけん。

むかしのヤマは盆正月といっても賞与などなか。景気のよかときに五十銭の酒代がでたとが一等ですたい。ふつう八銭くらいでしたけん。酒一合カマボコ一本もらったこともあったですの。盆も正月も三日やすみで、「つるばし立て」がありましたばい。つるばし立てといいますのは、盆正月にさがるもんは少ないでんけん、その時さがったもんに、仕事おえてあがってくれば金を出すとですたい。はなの日は高くてだんだん低くなると。むかしはどうかした時は盆踊りを村中ですることがありましたと。村のもんも出りゃ、ヤマのもんも出て踊るとですばい。村中といっても町はずれでの。荒れた山の中で、少ないもんでした。たのしかったですのう。むかしのほうがよかったごとありますね。

戦争中は、志願ということでまたおなごば入坑させるごつなりましたと。あたしは、戦争中もずっと働きよったばってん、昔のほうがよっぽど働きよったとですばい。戦争中の倍は仕事しよりましたけ。戦争中は挺身隊といいよりました。にぎりめしの配給が坑内であったりしての。あたしは戦争のあともずっと引きつづき坑外仕事に出て停年でやめましたと。坑内仕事は[昭和]二十二年六月まででしたけね。いまの男は担わんごたる重いもんを肩にかろうて働きよったとですけん。働いとってよかったなあ、と思いますばい。四十年坑内におったとですけんの。まあだ、働きたいですのう。

■　■　■

堤防の片側は地盤が陥落してできた草地でしたし、川のなかは流れを埋めてしまうほどの葦でした。くらい夜で、小高いところで震動している選炭機の灯が、草地いちめんにうつっています。ほかには小屋の灯影ひとつなくて、そのあたりは藪山になっているのでしょうか、暗黒のかたまりが騒音を吸いとっていました。

流れのなかの葦むらの奥に、ちかちか水疱瘡のようにちらばった火がみえました。川のむこう側一帯も数十年来ボタをすてて埋めたてていったところで、それが自然発火して、夜になれば寝棺をあけたようなはなやかさをみせてくるのです。昼まで遊んでいた子がふと亀裂に足をふみこませて火傷したりするところです。

　こうした堤防を行きあう人もなくまっすぐにいくと、山にぶっつかるようなところに一群の炭坑住宅があります。低く抑揚のない声で話すおばあさんや、ばさついた髪の毛を腰まで垂らして陽気にあるいている娘さんなどが、くらい電燈に照らしだされています。身体障害者や高齢者や持病もちなども働くことができたという小ヤマです。「救済ヤマ」と呼ばれましたし、現在も殆んどかわらぬようすをしています。もちろん血をしぼるような切り賃で息を細めてくらしています。

　こういうところには肉親の死をいくつも抱いている人びとがいます。非常の時間と死のかずで、ものごころついてからの歴史が織られているのです。炭坑労働者の殆んどは死とかさなった時間表をもっているのですが「わたしは死神ですけ」とぽつんという老女がほんとうにいるものです。

　けれどもそういうおばあさんも、過去の体験を被害者心理ばかりに沈んで回想するわけではありません。「まあだ働きたいですのう」と、夜露がぽとりとおちるようにいいます。働く、ということがどのように非人間的なものであっても、そのことでつながっていた人びとの世界を持っていました。いまはあのときよりずっとかわいた手ごたえのない空間にいると、多くの後山たちは感じています。

女の入坑禁止についてすっきりと対応できている後山は少ないのですが、私は当時先山をしていたおじいさん達の心理を伺ったことがあります。

「俺はあのときは会社へねじこんだ。なしカカァだけやめささなならんか。カカァばやめさすなら俺もやめさせれ。坑口で揃って首吊っちゃる、いうて」

とこれは入墨をけした跡のあるおじいさんでした。

「家の仕事と坑内の仕事と両方は、おなごはおおごとたい。坑内は男がして、家のことだけおなごはするごととしてやらな。昔のおなごは休む間なしに働きよったけ」

といったのは、停年後やみ米を売り歩いて退職金をふやし、いまは米屋を経営しているおじいさんの感想です。

「あんた、女がやめさせられたんじゃないよ。女はやめれ、と急にはっきりいうたんじゃないよ。なんもかんもじわじわきたよ。いつのまにか、坑内に女がおるのはおかしいじゃないか、と思わするごとなってきたんばい。男はかあちゃんと一緒に仕事するとひけめを感ずるごとなってきたんばい。それで『おまえ今日はさがらんでよかが、俺がするき』といわなおられんとばい。けど、どうもこうもしょうがなかごと切り賃がさげられたけんな、かあちゃんも入らなやっていかれん。そすと、女の切り賃は半分になったんばい。いままでと同じごと仕事して半分の切り賃になったんばい。ほかの仕事を探さなやっていかれんごとなったんばい。どげもこげもならんごとなって女が犠牲になったたい」

これは視力がすっかりおとろえて四十くらいの娘さんにつきそわれていた、それでも体は頑強なおじいさんでした。

工場法の制定は合理化のひとつともなりましたが、女子鉱夫もその一環としてあつかわれているようです。女子の坑内労働が原則的に禁止されたのは昭和三年で、女子の賃金は男子の五十パーセントになりました。昭和六年は不況のどんぞこで坑夫らはだれも彼も、あのころは働かんほうがよかった、腹がすかんだけましやった、といいます。が、昭和八年になれば特例が設けられて既婚女子の坑内労働禁止が緩和されたのです。昭和十年には女子鉱夫の三十パーセントが坑内夫となり、昭和十三年には女子の坑内労働は完全に復活しました。そして戦時中の挺身隊という名称と組織とに変化していくのです。

すこし長くなりますが、戦時中の後向の話を書いておきましょう。女性保護という名目で補助仕事に追われたことが女たちの意識へどうひびいているのか、それに対して女性の特質をまるきり無視したような採炭労働が女たちの姿勢をどのようにつくりあげていたのか、両者の意識の差は毛筋ほどだとしても、その存在の場の指針と文字盤は鮮やかにうかんできます。

「わたしは昭和十二年に甘木《あまぎ》からここに来ましたと。昭和十六年二月に主人が怪我しました。採炭の函出ししよって、函がどまぐれてね。尻を三十数針縫ったんですばい。足の親指も切れてさがっとりました。その入院中に労務がきて、採炭に出ろ、出んならおなごが坑内にさがれ、どっちもいやなら社宅をでてもらおう、というてなんべんもきましたたい。まだ入院中ですばい。怪我人は動かせんからわたしが入りました。入りはじめはこわいですたい。採炭の後山は朝鮮人がしよりました。わたしら女は坑内大工の後向や、エンドロスの車の油さし、ボタ片付け、係員のべんとう配達なんかしよりました。坑外の選炭は女が多かったですの。わたしは係員のべんとう配達が仕事で、朝八時にべんとう十五と茶一斗持って坑内事務所にいきます。それから十一時にまたあがって同じくらい持っておりますと。子どもはばあちゃんに預けて入りよりました。昭和二十一年の四月か五月ごろでしたの、女は坑内に入れんごとになりましたけ、それまでその仕事しよりました。もうわたしは人生の半分はここにおるとですけ、どこへも動きたくないです。このヤマももう閉山ですけど、この家が払下げになるといいがと思っとります。庭も作ったし一部屋建てたですもんね。息子はNHKに入りましたたい。入るにはたいそう金もいったがよかったですたい」

坑底の乳

明治中期 ヤマの子供
昭和三年から健康保険ができて 私傷病者も病気以外の者は
あったが それ以前の私病者は みじめなもので あった
その結果は子供に無理がいく 歌の文句の如く おやつをやる
位の幼きものが入坑して兄や母等と働くので はたの見る目
も不憫であった。
或いは母と共に坑内での子守 病気でなくても 生活難で
孫大人がおんぶ すれば安全であるが これも入坑の
坑道が低くして狭い 幼児が頭を
天井は打つけるから しようがない
従って学校は長欠 欠席になる
他人に幼児を預けると
一日に拾銭と他に鉄銭が
三、五銭いるから大変
32年当時 (米一升二十銭)
へ七ツ八ツからカンテラさげて
坑内さがるも おやのばち

子どもを負ぶってさがりよったが、あんなひどいことしてよう生きとると思うばい。朝早くいかな函がとれんから二時頃でるたい。早くでると二番方の残り函がある。二番方が途中まで引っぱってきとるけん、何町と引いていくことはいらん。それだけ楽だから残り函とろうと思って早くでるたい。途中で見つけて引っぱっていきよるとまたぎょうさんあることがある。せっかく引っぱってきたのにと腹が立つたい。ものすごい昇り坂でね、頭で押したり尻で押したりせな動かん。ぼやぼやしよると函が走って大怪我させるけんの。四本ボートでよう行きよったよ。四本も短い木を車輪にさすとたい。函がすべるけん。今の人はかしこい。骨を折らんと金をよけいもろうて。

まあ奴隷じゃな昔は。資本家いうたらほんにひどいもんばい。実函押すときは子を負うて何百間と押していく。帰りはから函をあっちまげこっちまげしてまた引いてくる。子を板木のうえへおろして石炭をスラに積みこむ。子が少し大きくなりゃメゴ

（籠）にいれて垂木にさげてやったりしたの。函を押していくときにちょっとゆすってやる。かえってきたときにまたゆすってやりよった。時々、乳を飲ませてね。子どもは坐るごとなりゃ、ショウケにざぶとんをいれて切羽で遊ばせとく。けど、這い出してね。石炭ねぶって遊びよる。危のうしてはらはらしよったねえ。

　それでも金もらわなやれんから、夜中の十二時にまた入るたい。ちょっと上にあがってごはん食べて、べんとうつめてまた二番方に入るたい。坑内でちょっと眠ったりしよった。金がいるときはそげんせないかんじゃった。時間なしじゃ。上あがってみるとまた暗くなっとる。何時間入っとるかわからんこともなんべんかあったねえ。今はいい。おまけに一週間おきに休むんじゃからね。

　上あがるとほんにいいひとでも坑内にさがると気が短うなる。かんしゃくが立つ。「坑内入ったときは戦争ぞ」といいよった。信心も何もないが坑内に入るときには、——どうかここへ無事で——と心の中で思うばい。夫婦で入るがどっちも気が立っとる。おなごも裸じゃけ叩きゃ利ける。「なんしよるか、ぼやぼやするな」「やかまし。人のこつかまうな」といいあったりの。わしらめおとはいっしょに上あがって男が火をおこす、わしが買物しよった。配給所いうてもちっとしか売っとらん。いわしとかくじらとかのぶえん(無塩・生魚)がときどきある。それに塩、味噌、たくわん。

わしのおとうさんは山形の人間たい。バクチが好きでの、足尾銅山で働きよったがバクチに負けてひともうけしょうと沖縄の炭坑にいったとたい。そしてもうけだして九州へ来た。志免《しめ》炭坑に。そこは海軍の炭をだすところでの、少佐や大佐が金の輪のついた人力車でみにきよった。直方から。

それから「一に西川、二に三好」というてな、圧制山があるたい。その三好にいった。バクチのできるとこをたずねていかっしゃるけん、わしらもついていきよった。三好は肉親がたずねていってもろくろく逢わせんばい。リンチをしよったの。

わしら子どもは捨ててある微粉炭を担ってきて、粘土とまぜてダゴ(団子)をつくりよった。焚きもんをやらんから。微粉のダゴつくって何百と床下にいれとく。子どものしごつ(仕事)じゃった。朝くらいうちに親がでる。わしらダゴつくったりして遊びよる。遊びくたびれてしまってもかえってこん。暗くなってもかえってこん。米も配給所に来とらんたい。泣き泣きねむってしまいよった。布団もないけん、そんなり。晩の十二時ごろその日の米がくる。毎晩、夜中に米買いにいかんならん。その日だけの米たい。よけい来んけん何日分も買われん。金もないしの。

昔の炭坑は深山が多くての、村の衆もいったことがないというようなところだったばい。あっちに二軒、こっちに二棟というぐあいに藪山のなかに納屋が建っとった。谷にじゅんじゅんにボタを捨てていきよったたい。納屋から、櫨の木やだんだん畠や草地をとおっていって、その下のほうに井戸がひとつあったりした。おなごどもは容易に水汲みはできん。そんなぐあいなところだったばい。かたわ者も多かった。六十や七十越したひとも入りござった。夫婦で入ってしごつするところを「めおと切羽」他人どうしでしごつするところを「後家切羽」といいよったよ。

峠をこえて街道をくだっていかな、ほかのヤマにはいかれん。谷そこのようなところに汽車場があった。徳若《とくわか》におったときにおとうさん病気になったたい。遠賀川を川舟が石炭積んでくだりよったが、その舟で若松の病院にいったばい。おとうさん死なしゃって、わしは十一で百姓の子守り奉公した。呉服屋の女中やら。苦労したばい。

炭坑は危いけん、ちゃんとしたしごつがあるなら入らんがいい。子や孫もいれようごたない。けどしごつがないなら、土方なんかするよりかまし。照り降りがないし。いまは退職金もつくごとなったけんの。わしらのときはなんもなかったが。

わしはおかあさんが入っとらっしゃったから十五になって入ったたい。昔はよかった。親が連れていってしこむけんの。学校出りゃすぐ連れて入りよった。けど、今は学校出てもすぐ入られん。そこに三年なり二年なり遊ばんならん。十七かなんぼかにならな入れんけんの。その間がようない。大事なときに働くことがないたい。こりゃようないことになっとるの。学校出て遊ばないかん。しょうがないけん、土方やらして町へいってぶらぶらする。その間にろくなこと習うてこんたい。

それで坑内に入るごとなっても働くことがすかんたい。若いもんがなして一週間に二つか三つしかしごつに出らんか、わしにゃわからんたい。こげ楽になってきとるとに。遊ぶことを教えられとるけんの。なしてこげなことさするとじゃろか。せっかくよけい勉強さして、ろくな人間にさせん。昔は学問もなか、奴隷のごと働かされたがよかこともあった。なまける人間にならんじゃったたい。いまは遊ぶことを教えての、そしてしごつせんいうて炭坑をやめさせるたい。

わしゃ十五の歳から五十年ちかく入っとった。あっちこっちいったが。いまはここの三池も町と変らんごとなってきとるたい。それも終戦こっちばい。昔はそうじゃない。わしのごと炭坑もんはみんな体の色が土色しとるたい。顔色ちゃないたい。日の照らっしゃるときは穴のなかじゃろが。あがったときは夜なか。もぐらたい。青ぐろい顔にべったり炭の粉がついての、風呂はいったくらいじゃとれん。そんな男やおなごが絣の着流しに縄でも細紐でもかまわん巻きつけて町にいく。そうすると町のもんが軽蔑するたい。わしたちからみれば、あたりまえのもぐらたい。むこうからみりゃ風体のわるかもんじゃけな。大牟田はボタ山はない。海へ捨てるとたい。そんな町じゃから野菜売りにくる村の衆も「炭山《すみやま》んもん」というて馬鹿にしよった。

わしは宇部のヤマにもいったが、あそこの町のもんもようない。東見初《ひがしみそめ》におったが、のち沖《おき》ノ山《やま》の新坑さへ移った。沖ノ山はまだ島じゃった。海ばたに煉瓦小屋が建っとった。煉瓦で作ってあったが海が荒れるとしぶきが降りかかって住まれんじゃったたい。岬にはこまい漁師の家がいっぱいあって魚のくさった匂いがする。船に乗って漁師たちは海岸ばたの納屋へ魚を売りにきよったたい。堤防のところからメゴ出して買いよった。漁師の娘が炭坑の嫁さんになったりしよったばい。そんな漁師を町のもんが「ジャコ」というとたい。「炭坑のバラ、岬のジャコ、橋の下のクロドンコ」というたい。

なんということかようわからん。けどそういって馬鹿にする。女はすぐ役立つけん学校に行かんもんが多いが、男は兵隊にいかんならんから学校にいれるたい。兵隊にいって困るから。そうすると学校で「バラ、バラ」といっていじめられてかえってくる。「泣くな」というけど腹が立つ。旧坑から沖ノ山へ遊びにくるときに、町のなかとおらないかん。それから巡航船にのってくるのがおもしろくないといって、坑内とおって沖ノ山さへ遊びにくるもんがおったたい。旧坑は傾斜が急で長かった。坑内あるいてこっちくるのに二時間ぐらいかかっていたね。

そんな漁師や坑夫が橋の下の露店へ出かけていって、下駄やら腰紐やら買うとたい。その橋の下の商売人を「クロドンコ」と町のもんがいいよったとばい。わしゃ「バラ」というのはな、炭坑は喧嘩ばやいのが多いけん、バラすぞ！といおうが。それで炭坑のバラというたんじゃろと思うばい。腹が立ちよったね。自分らがよっぽど偉いぐらいに思っとる。めったに町にいかんじゃった。東見初は炭坑と町のあいだに柵がしてあったばい。そこから町に出らんでも、柵のなかに市が立ちよったよ。

坑夫、坑夫と馬鹿にされよったもんばい。わしがおかあさんとはじめて三池に来たときは、坑内のしごつしても金はくれんじゃったばい。みんな米ばい。一日働いたら一人に米一升たい。どんなに景気がよくても米一升、どんなに働いても米一升たい。米一升十三銭のころも十二時間から十六時間働いて米一升たい。そして一升分よりちっとよけい働いとったというて、十五日おきに五厘とか一銭とかくれたの。五厘銭ばい。金の顔みるとはそれだけばい。家の者みんな入らな食べられん。それで子どもも加勢させるたい。買物は配給所で帳面に書いてもらうとたい。金券じゃない。切符のごたるもんたい。どれだけは使うてよか、と書いてある。それだけの分は買われるとたい。けど足らんけんね。米で野菜とかえる。魚と引かえる。腰巻の絣とかえるたい。米くすねて子どもたちは飴とかえたりしよった。だいぶん長いこと続いたとばい。わしらがよそへ移ってからも米じゃったげな。大正の間明治からずっとそげなふうじゃ。

そのころの三池は万田《まんだ》といいよった。わしがしごつしよったとこは炭丈《すみたけ》がこがしこ(これだけ)ばい。寝て掘りよった。こげ長うなって首をかしげてばい。あみぜんとう(安全灯)を枠にかけて掻き板で石を引き出してエブにいれるたい。それをスラに移す。のぼりになったほうを片《かた》、くだりになったほうが卸《おろ》したい。だいたい片はスラで卸しはセナで炭出しする。曲片で函いっぱいになるしこいれて、函を捲立まで運ぶたい。時間なしに働きよったけ、くたぶれてしもうて飯食いもて茶碗をぽとんと落しよった。そのままなんもかんもわからんごとなってしまって食いもて眠りよったよ。

生き地獄じゃった。そんころの坑内は道のない谷底を歩くようなもんばい。天井がそれにおっかぶさっとる。ごたいひとつ守るとがやっとちゅう地の底から炭を出したとたい。昼の二時ごろ入って、あがるとき上をみりゃあ、夜が明けとる……。

嫁がいまオルグの人の炊きだしにいっとるが、あれもここで働いたばい。わしらがあちこち歩いて兄ちゃんに嫁もろうて、また三池に来たときにの。昭和十二、三年ごろじゃったな。朝六時から夕方六時まで。十二時間で十五円もろうてきとった。ああ夫婦でばい。

いまでこそ天皇切羽というばって、だれが坑内をそんなに立派にしたな。夜昼なしに働いたとはだれな。首切るてんなんてん(首切るなんて!)。こげみんなが一緒になって反対しとる。いまのもんは偉いばい。労働組合つくってあんたのごと見知らん人にも来てもろうての。世話をかけますたい。わしの息子も孫もここで働いとるばい。ここの社宅には昔から働きよるのがいっぱいおる。何人でんおる。孫の代まで貰う金も貰わんずく(もらわないままで)くらしとるのに、首切るちゃなんちこつかの。孫の代になってやめさするちゃどげいうこつか。孫がなんばしたっか。どげな悪かこつばしたっかな。働いたばっかりじゃなっか。わしらが腰の立たんしこ、しごつしたけん、あれどんが太うなったとじゃろもん。監督所(鉱山監督所)がみにくるといや鉱長でんだれでん目の色かえて。あれどんがどげなこつしたか、わしはちゃんと知っとる。

　あんたが来なさるちょっと前に久保さんが刺されたつばい。殺すちゃどういうこつか。どげいうこつかの。わしらに養うてもろとって……。わしゃ泣きよるとじゃなかつ。ばってんひどかことじゃなかですか。わしの子が殺されたと同じじゃ。わしゃヤマ一本で生きてきたつ(生きてきたのだ)。商売でんせん。百姓でんせん。親の代からまっぱだかで、さかしになって(さかだちするような格好で)炭出したつ。わしが出したボタでここは埋まったつばい。まあだあのころはここは海じゃ。海にボタ捨てて作ったとこじゃ。わしが作ったとこに居ってなんが悪かか。いまからわしがどげいくな。

■　■　■

　おばあさんは涙を落しました。そしてそのまま黙りこんでしまいました。三池炭坑には、いま坑内からあがったばかりにみえるざんばら髪で、炭塵のふきついたような顔の初老の女たちがかなりいます。はだけてみえる胸は厚くなった皮膚を感じさせます。貧血症状で袂を重ねて寒げにとおる女もいます。そうした女のひとりに案内されて、［一九］六〇年四月の初め、合理化反対闘争中の三池の後山をたずねました。

体の弱ったおばあさんが寝ておられました。黙ったおばあさんをのこして外へ出ますと、後山経験者が三、四人で立ち話をしていました。安全灯の鋼の持ち手を噛んでぶらさげて働いたので、歯を乱しています。唾を散らしながら「こんなふうにして掘ったんですばい」とその場に坐りこんでしてみせました。スラをひく様子などもしてみせて素敵な大声で笑いました。その笑いは三池の闘争よりもまだ自由で、自由なだけつらく飛び散りました。

あとがき

ここに、後山経験者のなかから十人の話を紹介しました。これは、さまざまな経歴や傾向をもった後山たちのなんらかの特質を代表的に語っていはしないかと思います。話をきいたその他の後山たちは、それぞれの特性のバックボーンとなりました。個々の体験談も印象に残るものでしたが、六、七人のおばあさんの座談も面白くききました。それらもこの十人の話を裏付けてくれました。なお炭鉱主婦協議会や炭鉱内の地域婦人会などの集まりでの見聞も、おばあさんの映像をまとめるのに役立ちました。が、何よりも私に語ってくれましたものは、ここ筑豊一円の間断のないざわめきでした。

おばあさんたちは集まってこんなふうに話します。

「あのころはよか話がありよったのう」

「ありよったのういうて、人ごとみたいにいいなんな」

「ありゃ、うちはこげなおなごじゃけ誰やらのごと好いてくれるもんはおらんがな」

「あそこはぬくかったで。パイプとおしは。たいがいあそこにゃ先客がおる」

「くらいところに入ったら出口がわからんようになるで」

「まあだそんな知らんげな口ききよる。なんいいよるの、くらかろうが一人じゃなかもん」

「よさそうなとこは先客がきとるし、人の来んようなとこは天井が落ちるとがこわいし、結構な苦労たい」

「そねえなことは日頃からみとるで。ながい坑内じゃけ、どこがいいかは知っとるで。よう二人づれ出よったよ」

「知らんふりしてあがると、あとから来たもんが坑口でバチンと叩く。『よかったろう』『なんがや』『目は後にゃついとらんけんの』『や、しもた、ついとるの』もうおそいたい、背中にかわいた糞がついとった」

「あはははは」

「坑内で男のいうなりにならないかんということたぁなかったな」

「なんの、おなごに勝手な手だしができるところじゃないが」

「たのしかったな、つらいことも腹いっぱいしたが」

「はははは、子が生まれるもんやき。けどせんわけにゃいかんが。『きのうは誰やらのかかばおさえたぁ』いうて大ごえでいいよったの、×さんが」

「○さんは娘っこが好きでよ。よっちゃんから『腕も立たんで一人前いうな』いわれてしょげちょったで」

「ああ、うちらおなごばかりで掘りよったが、あんときはもうけたで。男はてれんぱれんして腕はようないが」

「『このごろはおなごがおらんけん、入ろうごたない』いうて○さんはのそんしてきたよ」

　こうしていつまでも話がつづきます。これだけの会話が、身をひたすほどの苦痛と屈辱の果てに生まれていることを知りあっています。しかも彼女たちは当時の生活理念がいまも社会に通用しがたくて、心が宙吊りになったままであることに堪えています。それが鉄火な気性にある種のかげをさしているのですが。

　後山のあのひとやこのひとや、それらの人たちのうしろに裸体でつづいている多くの後山は、一体なにだったというのでしょうか。彼女たちは、いま私に何を語りかけているのでしょう。もうなんの役にもたたないかのようですが、会えば白熱する光ばかりがおそってきました。ひとり会えばそれだけ加算され、追ってくる執念から私はのがれがたくなりました。それは話しあっていますと、模糊とした被いのなかから切迫する単眼のように走りでるのです。

後山たちはもうのっぴきならない捨て身の構えで働きくらしていました。それでも子を産みたい欲望をもち、自分を主張したい意地をもっていました。生活のぜんぶが、人間的なものの抹殺であるようなぎりぎりの場で、労働を土台として、その生を積極的に創造しようとしました。働くことを生活原理とし、理念としはじめた後山たちには、どんづまりという感覚のうしろに、なにか「始点」というようなえたいのしれない感動がうずきはじめたのです。

「働かなうそばい」という採炭気質があふれてきて、しぼられてもしぼられても能動的に生きました。後山たちは家というわくのなかで消えていく労働を、「働く」という概念にふくませておりません。主として労働力の再生産部門を受けもっていた家族制度内の女たちの、そのモラルをふみにじっていく快感が、あんたんとした坑内労働にちりばめられました。その場で愛と労働を同時に生きようとしました。その共感と抵抗が、後山たちを一様に朗々とした女にさせています。いまも坑内労働をしている小ヤマの女たちは、息もつかぬす早い運搬に従事しながら、地上の生活では破りがたい意識の壁をくだいています。まっくらな地底で突如としてけたたましく笑うのですが、息をのむような虚無感とまんじともえとなっている明るさです。

いまおばあさんたちはそれらすべてがどういう意味をもっていたのかを、もどかしげにたぐりよせようとします。肉を切らせて骨を斬るというたとえが古くからありますが、後山たちは圧制と紙一重の勝利につまだって自らを支えてきました。吹けばとぶ一枚のセロファンのようなその価値は伝えがたいものです。それは創造し勝負しなければみえてはこないのですから。

彼女らはその透明をひっかぶり、彼女らをとりまくもののすべて――炭鉱外の倫理も坑外の制度も――は、彼女らの生をはかる機能をもちません。

こうした後山たちひとりひとりの意識の成長なり、気質の誕生なりは、すべて資本主義発展途上のしかもそれに基本的には随順したヤマの歴史のなかで起ったのです。彼女たちの明るさは、自然発生的で、個々にはぐくまれた抵抗の集りにすぎないともいえます。が、その水中の火打石は、無論理で気分的ではありますけれども、全女性史的にみてみますとはっきりと一群の意識の誕生を語っています。

後山経験者であるおばあさんは、じぶんの生活理念が、ヤマの近代化によって何ものかに敗北したのだと考えるのをきらいます。ひとりひとりは敗けていないのに、なにかがこわれた、それはなんだろうという疑問が渦となって彼女らのなかにあります。それが私を巻きこんだのでした。

そうしたおばあさんとの対話を重ねているうちに、かすかに女たちの映像が動いてきました。私は、これら後山たちが現在も固執している宙ぶらりんな表情が、了解できるように思えたのです。組織化されなかった無産階級婦人の抵抗は、ひとりひとりのおばあさんのなかでは消えておりません。けれども抵抗集団そのものは挫折しました。そしてそのあとにつづくものは何も本質的には生まれてはおりません。一度の挫折も経験したことのない日本的母性は、いまもなお女坑夫の意識を奇型としてまるでかえりみることもしないのです。

このあとがきは一九六一年六月発行の、理論社版に書いたものです。もう十六年も以前になります。たどたどしいものですが、今もなお、これに加えることばを持ちません。

女たちのくらしはこの十数年のあいだにみちがえるように変りました。私がこの書を書いていたころの炭坑では、戸外に七輪を持ちだして、木切れを燃やし、そのうえに石炭ガラをいれて火をおこしました。その木切れを、大きな木を割ってつくるのは、どの家も夫たちの役でした。洗濯もたらいに水をいれて、洗濯板のうえでじゃぶじゃぶと洗いました。私も子を負って煙にむせたり、腰を痛めたりしました。そのころ都会ではガスや洗濯機が普及していましたが、私はそのくらしを捨てて、この後山たちが住む町に移り、この女たちの生き方を見ならいながら生きようとしていたのです。ここには内側からぱちっと割れているような、あふれんばかりのエロスと力とがありました。

炭坑は筑豊から姿を消し、エネルギーは石油にかわりました。筑豊の炭坑地帯は四つの郡にひろがる、ひろいひろい地帯でした。幾百という坑口が生まれたり消えたりしていましたが、みな、閉ざされました。町の姿もかわりました。ここに登場していただいた後山のほとんどが亡くなりました。私のなかに、涙のようにきらりとする火だねをのこしたまま。

三一書房からの出版に際し、すこしばかり手をくわえ、「赤不浄」の一篇をいれました。これは大和書房刊の『奈落の神々』に、まえがきふうにそえていたものです。大和書房のこの度の出版への御協力に感謝いたします。そして三一書房のみなさん、おかげで私にとっては大切なこの書が、やっと日の目をみることができました。お礼を申します。

一九七七年三月

森崎和江

［付録］聞き書きの記憶の中を流れるもの

一九五八年ごろから、私は当時一大石炭の産地であった福岡県の筑豊と呼ばれる四つの郡内の、そちらこちらで、女性の坑内労働者に、話を聞かせていただいた。まだ聞き書きという言葉も耳にしたことはなく、ただ一途に自分の寂寞に押されて、母国の母世代祖母世代の心と生活の根っこにふれようと、おずおずと、中年老年の女たちを炭坑住宅にたずねていた。というのも、私は植民地朝鮮で生まれて、女もまた、よい仕事をせよとの親のしつけのままにまに、いわば核家族とデモクラシーのはしりのような生いたちを経ていたからだった。私にとって敗戦は、その親をも含めて親から子へと伝承してきた私的なものと、明治から大正・昭和へと形成された公的なものとの、両方をひっくるめた政治と文化の、世界諸国からの批判であった。

何をどう批判され、否定されたのか。私は何を捨て、何を生もうとして生きるのか。戦後の日本の社会的規範として取り入れられたデモクラシーは、私には戦争中も心身を刻るようにして無言で守ってきた、肉体の芯のごときものに比すべくもない、うすっぺらな飾りものに思えた。

私は自分の心の世界が、多くの人びとの中で特殊であったと、戦後ようやく心付くのだが、そのように育った諸条件から意識的に離れ、可能なら自分の中にもそして日本の何かにも、これなら許せると思うものが発見したかった。私の聞き書きのはじまりは、それまで全く知らなかった生活をして来た人びとが、貯えておられる価値観に接すること、だった。

私は文字文化の中の日本人は、もう結構だった。十代を戦事下に育っていたし、植民地ではいっそう文字世界が生活の中心になっていた。ほんやくものの西欧文学や美術書をあさっていたが、やがて敵国文化として否定され、母国からとどく書物の味気ないこと。人間の質の貧しさが、つらかった。あの頃の、砂を嚙むような孤独がよみがえる。私にとって、文字に縁なく、そんなものを無視して暮らす人びとは、新しい泉に思えた。私は救われたかった。

以上は、私の聞き書きへの事始めである。これらのことわり書きなしに、以下の思いが記せない。つまり私にとって聞き書き、いや、聞き取りの旅は水を飲むようなものだった。十人十色の聞き書き法があっていいが、私は、心を無にして、相手の思いの核心に耳をすます、という方法をとった。相手の語りたく伝えたく思っておられることの、その肌ざわりを感じとること。けっして、こちらの予定テーマを持たぬこと。などが基本的な姿勢だった。学問や文学のための聞き取りではないのである。日本で日本人として生きがたく暮らしている女が、あなたはこの日本でどう生きておられるのですか、と問う。ただ、それだけだった。今もなお、そうした問いかけで、折々に話をうかがう。

こうした姿勢で多くの方の話をうかがってきた。話し手のほうも、よくこそ来てくれたという、のりだすような心の姿で、語ってくださる。しかし農民はこうはいかない。家内外の他人を気になさる。私は主として農村からはじき出された人びとを中心に、炭坑や漁村や娼婦や開拓民等々にお会いした。しばしば泊ってゆけとすすめられ、食事づくりを手伝いながら話をうかがった。書いてもいいですかと問うと、書いてよかくさ、しっかり書きなさい、と笑われた。文字の世界を無視していた。時には、小説よりよっぽど小説のごたる一生ばい、と自分の生涯を評された。

私はといえば、自他の体験を全体史の中にどう位置づければいいのかと、幾年も心に抱き、なんとか文字化してその意味を問い、責任を持とうとする。そうやって、いくつかの書物を書いた。女坑夫の聞き書き『まっくら』。『与論島を出た民の歴史』(共著)。『からゆきさん』。『海路残照』。『ナヨロの海へ』その他。『きのうから明日へ』という男女の漁業や農業者その他の聞き書きもある。こうしてわが身を人肌にこすりつけるようにして日本の精神を知りたく思ったのだが、聞き歩きをしながら心にとまったことがいくつかある。

何より大きなことは、「語る」という行為のおとろえである。私は今にして、ようやく悟っているのだが、文字信仰が現代の最良の知恵のごとく普遍化したのは、そう古いことではないのだ。「語る」ということに、おそらく大きな意味合いを持つ文化が私たちの日本にも、つい先頃まであったのだ。そしてそこでは、文字化が可能な程度の知識や知恵ではなく、人の魂にしみとおる悠久の知恵が、年を重ねた人の体験からポトポトとしたたり、それを太陽や水や風といっしょに呼吸する聞き手たちがいたのだ。

これを私は理想図として書いているのではない。働きつつ生きるということを、私に熱心に話してくださった老女や老人は、あの時その話を文字にして欲しくて語ったのではなく、話し言葉と行為と、そしてそれを生かしていたおてんとさまにたいして、文字界も政界も財界もなんというケチくさい度量で人間を計るのか、と、無心に聞きたがる私の体に染みとおらせようと、私の反応に耳を澄ましつつ語っておられたのだ。記憶させる行為だった。

私はといえば、おてんとさまを拝むというその表現の前近代性は横にのけといて、そして、「日本はイヤなとこですばい、ケチで、心が狭くて」という外国帰りのからゆきさんの、その批判の言葉しか受けとれずにいるという、情けない状況だった。それでもかすかに一筋の風の道めいたものが私の心にあって、それは何かといえば、表現し定着させることの重要さと等量の、それの昇華へのあこがれである。無化といっていい。

文字へと聞き書きをすることが大事なのではない。それは今の時代のさしあたっての手法にすぎないのであって、語ってくださったあなたの人生とその教えとを生かす世を求めつづけます、とでもいえばいいのか。では、その世とは。その哲学は。

「語り」がふっと火を消した瞬間を私はよく覚えている。筑豊に住んでいた私は、いつもの夕方のように、夕食後のひとときを戸外で隣のおばさんと立ち話をしていた。

炭坑で働いた方だった。問わず語りに語っておられた炭坑の話が、「もう話してもしょうがないばい、世の中変りよるけんね」というつぶやきにかわったのだ。世の中変りよるけん話す、といっておられたのに。意識して見廻すと、天草や島原でも「語り」は息をひそめ、文字による批判にさらされていた。農村部も同様だった。七〇年代のはじめのことである。

当時私は、技術革新による産業界の激変と、小市民意識の主導性が、近代前近代の体験を無力化していく状態だと受けとっていた。個人の記憶も社会の功罪も、生産様式の変化にともなって廃材同様にほうむられる。個々人の意識も、今日の知恵は明日の生産レベルの先端には役立たぬ点を越えることに集中し、人びとの能力の効率性が求められ、生命の連続性よりも資源と技術と利潤の追求が政治や文化の課題となった。この時代性の中で文字界もまた活躍する。

こうした八〇年代にかけて、聞き書きは廃材直前の人間記録めいてきた。「語る」行為は絶え、文字界からの問いに答えるばかり。なぜなら「語る」ことは、個体の生命の脈絡を、それを生かそうとする超越的な生命体を共有する他者へ、かずかずの障害がいどみかかってきた個体史を怒りや笑いや嘆きをこめて伝達する行為だったからである。いかに理不尽な時代や人生であったかを記憶させる。

私はいつか元坑内婦であった老女とラジオで話しての帰り道、川土手を夕ぐれ歩いていると、その方が、ありがとう、これでいつ死んでも思い残すことはなか。腹の中みんな話したのもあんたのおかげ、と言われた。神も仏も地上での話、地面の下には神も仏もいない。そこではいろいろ縁起をかつぐが、そんなもんみんなウソ。役に立つのは人間の意志だけばい。人間は、わが意志でなんでも決めるしかない。と、そう語る人だった。

彼女は、そのことをこれまでくりかえしくりかえし、涙を流しつつ語っていたのだが、その日も坑内の道具をなでながら十四歳から掘ってきた石炭の話をされた。そして聞こうとする姿勢が地上にもあること、そのことに感謝されたのだった。遠いむかしのことになった。

炭坑は、おてんとさんのとどかん仕事場じゃという表現を、この女性以外にもたくさん聞いたが、今や、地上も地下労働の原理におおわれた。おてんとさんはおろか、地球は巨大な生命体ではなくなり、資源のかたまりにすぎず、個々の生体もまたしかり。体験など個体生命の代謝物にほかならない。ただそう言語化しない知恵があるばかり。記憶は不用。

でも私は、人類の中には今もなお、そして日本人もついきのうまで、文字界と二重になった別箇の記憶法を持っていたのだと知った。自分自身の中にさえ、それを感じとり、今日この頃はそれを言葉にすることを考えるようになってきた。

それは文字に依存する前の、より感覚的で全身的な認識とでもいえばいいのか、知的認識の基盤となる個体内外の統一的な感動である。たとえば法隆寺の代々の棟梁の西岡常一氏の語り『木に学べ』(小学館)にも強烈にそれを感じるのだが、私が聞き歩きをさせていただいた方々に、おしなべて感じとったものも、人間の価値に上下はなく、人間も虫も自然の分身という、判断と記憶の基点だった。

でも、私はつい最近、寒い思いをした。私の孫が、「おばあちゃん、人間はいつほろびるの」と語りかけたのである。そしてそのわけを五歳児の体験のままに話した。私は生きてきたことのつけを感じながら、私が五、六歳当時、父母がくりかえし川や大きな木や夕ぐれに会いに連れ出したことを思った。

(『思想の科学』一九九二年一二月号)

解説

水溜真由美

森崎和江のデビュー作『まっくら』（初版、一九六一年）は、日本有数の炭鉱地帯である筑豊に暮らしていた森崎が、かつて坑内労働を担った女性たちから聞き取った話を、話し手の一人称の形でまとめた作品である。森崎が聞き取りをした一九六〇年前後には、女性鉱夫は日本から完全に姿を消していた。『まっくら』に登場する女性鉱夫たちが坑内で労働した時代は、明治期後半から昭和初期に及ぶ。日本における炭鉱のほとんどが閉山してしまった今日、炭鉱に馴染みのない読者は少なくないと思われる。以下ではまず、戦前の炭鉱における女性の坑内労働がどのようなものであったのかを簡単にふり返ってみたい。

戦前の炭鉱と女性

多くの炭鉱において、採炭作業は地下で行われる。機械化が進む以前の大正期頃までは、労働者はツルハシで石炭を掘り、スラ（そり状の木箱）やセナ（竹の籠）に入れて地上に運び出していた。採炭作業は、石炭を掘る先山《さきやま》と掘り出した石炭を運搬する後山《あとやま》（後向《あとむき》）の二人一組で行われていたが、しばしば後山は女性が務めた。世界記憶遺産に登録されている山本作兵衛の炭鉱記録画にも、男女のペアによる採炭作業や女性による運搬作業の様子が数多く描かれている（本書カバーと各章扉参照）。炭坑唄にも、「あなた一番方　わしゃ二番方　あがりさがりで逢うばかり」、「いっちょさせたら　小頭めの奴が　特別切羽をやるというた」など、女性鉱夫の視点から唄われたものがある。

一九〇六年の統計によれば、常磐、筑豊、三池、唐津の炭鉱では、坑内労働者のうち女性の割合は約四分の一に及んでいた。しかも、未婚女性を主力とした紡績女工とは異なり、女性鉱夫の場合、既婚者が少なくなかった。一九一三年の筑豊では、鉱夫家族の約半数は夫婦共稼ぎで、そのうち約七割は先山と後山のペアによる採炭労働に従事していた。当初、子持ちの後山夫は、子どもを子守に預けたり坑内に連れていったりして就労していたが、日露戦争後になると坑内保育所を整備する炭鉱が増えていった[1]。

とはいえ、坑内保育所が整備された後も、就労時間外の家事・育児を担ったのはもっぱら女性だった。山本作兵衛は、「一番ひどかったのは、女坑夫であります。坑内にさがれば後山として、短い腰巻き一つになってスラを曳いたり、セナを担うたり、命がけの重労働です。まっくろになって家に帰れば、炊事、洗濯、乳飲み子の世話など、主婦としての仕事が山ほどまちかまえています。男は昇坑するとすぐに汗と炭塵を洗いおとし、女房のいそがしさをよそに、刺青をむきだして上り酒。昔のヤマの人はだれもそれを当然のこととして怪しまず、家事の手伝いをするような愛妻家はいませんでした」と回想している(2)。

ところが、昭和期になると状況が一変する。一九一九年の国際労働条約の締結を契機とする女子労働者保護の動きが、炭鉱にも波及したためである。一九二八年には鉱夫労役扶助規則が改正され、女性の坑内労働が禁止された。一九二〇年代に本格化した技術革新の動きは、女性の鉱内夫を排除する流れを後押しした。もっとも、機械化が遅れた中小炭鉱、零細炭鉱では女性による坑内労働が長く続いた上、戦時中の労働力不足は女性の坑内労働を部分的に復活させた。とはいえ、女性の坑内労働を禁じる動きは世界的な趨勢だった(3)。戦後に制定された労働基準法も女性の坑内労働を禁止した。日本社会において「男は仕事、女は家庭」の性分業が広く浸透するのは高度経済成長期以後であるが、炭鉱ではそうした性分業が一足早く定着した。

一九五〇年代の炭鉱では、炭労(日本炭鉱労働組合)傘下の労働組合による労働運動が活発化した。当時の炭鉱労働者の多くは長屋式の炭住(炭鉱労働者用の社宅)で生活しており、炭鉱の労働運動は典型的な家族ぐるみ闘争であった。炭婦協(日本炭鉱主婦協議会)に組織された主婦たちは、労働運動において戦闘性を発揮した。戦後最大の労働争議とも言われた三池争議は、主婦の闘いでもあった。他方で、近代的な性分業が定着した結果、女性が坑内労働に従事した戦前の記憶は封印され、忘却されていった。

『サークル村』での連載

本書は、封印されていた女性の坑内労働をめぐる記憶を最初に解放した著作である。森崎は、一九五九年から月刊誌『サークル村』に元女性鉱夫の聞き書きを「スラをひく女たち」のタイトルで連載した(4)。その後、大幅な加筆修正を行った上で、『まっくら——女坑夫からの聞き書き』として、一九六一年に理論社より刊行した(その後、一九七〇年に現代思潮社より、一九七七年に三一書房より再刊された。本書は、三一書房版を底本としている)。以下では、森崎が「スラをひく女たち」を『サークル村』に連載するに至った経緯について述べる。

森崎和江は、一九二七年に日本の植民地支配下にあった朝鮮の大邱に植民二世として生を享けた。朝鮮で女学校を卒業した後、「内地」に渡って福岡県女子専門学校に入学し、在学中に敗戦を迎えた。敗戦後、日本社会に強い違和感を抱きながら詩作を始めた森崎は、一九四九年に丸山豊が主宰する母音詩話会に参加した。一九五八年、森崎は母音詩話会を通じて知り合った詩人の谷川雁と共に遠賀《おんが》郡中間《なかま》町(現、中間市)に移り住み、編集委員としてサークル交流誌『サークル村』の発行に携わった。

一九五〇年代の日本では、市民による文化活動がさかんだった。多くの市民が職場や地域を拠点としてインフォーマルな文化団体(サークル)を組織し、文学、合唱、演劇、美術、学習、生活記録など様々なジャンルの文化活動を展開した。文学サークル、生活記録サークルを中心に、サークル誌の発行も活発化した。

炭鉱は職場サークルの活動がさかんな産業部門の一つであった。谷川雁は『サークル村』創刊宣言「さらに深く集団の意味を」(一九五八年九月号)において、「たとえば福岡県水巻町の日炭高松炭鉱では昭和二十一年から今日まで実に十三種のちがった名前をもつ文学サークル機関誌が発行されてきた」と述べている。サークル誌には、小説、生活記録、詩、短歌、俳句、評論、版画、イラストなど様々なジャンルの作品が掲載された。炭鉱のサークル誌に掲載された作品は、炭鉱における労働や生活を扱ったものが多数を占めた。炭鉱の歴史に目を向ける作品もあった。

『サークル村』は、九州および山口に組織されていたサークル相互の交流を目的として創刊された雑誌である。これには炭鉱労働者のみならず、様々なバックグラウンドを持つサークル運動家が参加した。とはいえ、炭鉱町に事務局をおき、日炭高松のサークル運動家であった上野英信のネットワークを足がかりとして創刊された『サークル村』において、炭鉱は大きな位置を占めた。

森崎は『サークル村』の創刊が決まった後、谷川雁に連れられて初めて炭鉱町を訪れた際の鮮烈な印象を『闘いとエロス』(三一書房、一九七〇年)の中で想起している。炭鉱町に暮らす主婦たちは、森崎を「せんせ」と呼び、「あんたなんちゅうクリームつけよるとな? 結婚しとると? 子はおるとな」と無遠慮に語りかけ、卑猥な会話を繰り広げた。インテリ家庭で育ち、同世代の女性としては、ほぼ最高の教育を受けた森崎が炭鉱町で経験したカルチャーショックは小さくなかったと思われる。

もっとも、『サークル村』のオルガナイザーだった谷川雁は、「存在の原点」を求めて「下部へ、下部へ」と降りていくことを提唱していた。『サークル村』には、九州と山口の各地に散在するサークル運動家から生々しい現場の声が寄せられた。こうした背景をふまえると、炭鉱町で暮らし始めた森崎が、炭鉱の歴史に関心を寄せ、女性鉱夫の記憶の掘り起こしを行ったのはごく自然な成り行きだったように思える。けれども、「スラをひく女たち」は森崎にしか書けない作品だった。

連載「スラをひく女たち」は、女性の声なき声をすくいあげて文字化しようとする森崎の並々ならぬ努力の結晶であった。森崎は、『サークル村』に参加する以前から、女性と言葉の関係に強い関心を抱いていた。「谷川雁への返信」(『母音』第三期第六号、一九五五年九月)には、「因習的な家族制度」の枠内で「生理的経験を土台として」生きてきた女性たちが、「家をめぐる事柄以外の一切の言葉の意味から隔絶して」いるという指摘がある。「凍っている女たち、集まりましょう」(『サークル村』一九五九年七月号)では、女性たちが長い間、「水仕事にあけくれ」、歴史の動きから疎外されてきたことをふまえながら、「たくさんの未発酵のことばが女の内部には漬物桶のようにくらく並んでい」ると論じている。

このような森崎の思いは、『サークル村』発刊の翌年、一九五九年八月に創刊された女性交流誌『無名通信』に結実する。「凍っている女たち、集まりましょう」はその呼びかけ文である。森崎は女性たちに向かって次のように語りかける。

文学もことばも女の手もとにはないのです。ひとりではどうしようもありません。言わねばならぬ問題をもっているが書けない者、書く技術だけ知っていて何をやらねばならないか迷っている者、そんな者がよりあって、このように裂けている女の実状を考えましょう。そして、個人のものでなく女のものを作り出しましょう。そのことをぬきにして個別的に書ける、話せる顔役になっていく者は、自分の足もとに開いているナラクの深さをみるべきです。（『サークル村』一九五九年七月号、四九頁）

「スラをひく女たち」の試みは『無名通信』と地続きである。森崎は『サークル村』周辺の女性たちを『無名通信』に組織する一方で、書き言葉から縁遠い元女性鉱夫の声を、聞き書きの回路を通じてすくい上げようとした。

封印された声の聞き手として

先述したように、「スラをひく女たち」が書かれるまで、女性の坑内労働にまつわる歴史は忘却されていた。その理由は、元女性鉱夫が書く能力や機会を持たなかったからというだけではない。女性の坑内労働の記憶を忘却させたのは、女子労働の保護と「男は仕事、女は家庭」の性分業の定着を進歩と見なす近代的な価値観でもあった。

炭鉱労働の歴史を独自の視点でたどった森崎の『奈落の神々――炭坑労働精神史』（大

和書房、一九七四年）が描き出すように、森崎は、典型的な「3K労働」に従事する炭鉱労働者を哀れむべき存在だとは見なさなかった。森崎は、各地の炭鉱を渡り歩き裸一貫で生計を立てる炭鉱労働者の姿に、閉鎖的な村落共同体からの解放と新しい精神文化の兆しを認めた。その一方で、女性鉱夫の存在に目を向け、坑内で共に働く男女の間に対等な関係性と同志的な愛があり得たことに希望を見出した。これらの点は、『まっくら』にも通底している。

だからこそ、森崎は、女性の坑内労働からの解放と性分業の定着を進歩とする考え方に異論を唱えた。『無名通信』創刊宣言では、炭鉱労働者と共にストを闘う主婦たちを辛辣な言葉で批判している。

かつては家の中で一人一人でつかえていたオヤジ中心主義が、集団となって動いているのです。被害者意識のまま、なんとか優秀な下女になろうとしています。そのことで、しいたげられる立場にあった女が、頼みがいのある女となったかのようです。（『無名通信』第一号、一九五九年八月、一―二頁）

「売笑婦はあなたです――炭坑の女・その四」（『月刊炭労』一一二号、一九五九年一〇月号)では、「危険であると思うのは、炭坑の女たちが、ひとりぼっちの家内労働をするようになった現状を、ある到達点と考えていらっしゃることです」として、炭鉱の女性たちが専業主婦の立場に自足していることに疑問を投げかける。その一方で、森崎は次のような元女性鉱夫の言葉を引用している。

男がぐずぐず言や、さっさと捨てよったね。坑内は裸仕事じゃ。恋愛は多かった。よか話も多かったのう。どこやらのカカアば押さえた、とか、どこのかあちゃんが大納屋の若もんと逃げたとかねえ。今よりのびのびとしとったよ。そりゃ男並みの仕事をしよったですけね、なんぼか気の合ったもん同志《[ママ]》でなきゃ、仕事もようでけん。いのちがけの仕事じゃけ。暗かとこばって風儀がふしだらということじゃないよ。男のいうなりにならにゃよか切羽ばもらえんということもあった。けれど、それが本筋じゃないよ。理屈とケツの穴は一つしかなか。おなごでちゃ同じじゃ。

森崎は、右の言葉に見られる元女性鉱夫の気風を、「最低の生活条件のなかで、意識してきたものの道理と、貞節というおためごまかし《[ママ]》の倫理からの解放」という言葉で捉え直す。その上で、この気風を「流れものの持っていた恥ずかしい無秩序」としてしか捉えられない「現在の炭坑人」を批判している。

森崎の観点によれば、女性の坑内労働を封印し忘却させているのは、炭鉱における女性の専業主婦化を「到達点」と見なす価値観であり、定着を拒んだ戦前の炭鉱労働者を「無秩序」として差別する目線である。だからこそ、元女性鉱夫の聞き書きがなされるためには、戦前の女性鉱夫を戦後の主婦よりも自立的で自由な存在だと捉えるラディカルな価値転換が不可欠だった。

それにしても、概して男性よりも体力・筋力において劣る女性が、過酷な坑内労働に耐えることはできたのだろうか。『まっくら』における元女性鉱夫の語りは、そうした予断を覆す。「流浪する母系」の元女性鉱夫は次のように回想する。

炭坑で働いて一番嬉しかったとは、西新炭坑へいったときです。あそこは男が一円ならおなごも一円ですばい。おなじ仕事をしますとじゃけ。そして、ほんなことおなごのほうがよう仕事します。函押しですか、あんた、おなごはケツの力が強いですけ。(六九頁)

「のしかかる娘たち」では、炭車に乗って昇坑することを見とがめた男性の事業方(係員)を袋だたきにした思い出が得意げに回想される。このエピソードは、強い自立心と反抗心を持っていた当時の女性鉱夫の気風を印象づける。話し手は次のように語っている。

娘といってもみんな一人前にセナ担って仕事ができる者たちですから、力でも強いですよ。坑内の仕事は男と女の区別がないようになんでもしますから。それに娘たちはみんなしゃんとした気分でした。どんなことにでも堂々とむかってやる、こい、という気風でしたね。今ごろあんな娘たちいませんねえ。思いっ切りやりました、なんでも。悪さしましたが、「負けられるか!」という気持でしたよ。(一五八―一五九頁)

このように、元女性鉱夫の回想は、坑内労働を担ったプライドや戦前の炭鉱へのノスタルジーをうかがわせる。だからといって、彼女らの全てが性分業の定着した戦後の状況を批判的に捉えていたわけではない。森崎は、女性の入坑禁止に「すっきりと対応できている後山は少ない」と述べる(二八一頁)。

各々の聞き書きの解題は[5]、話し手の一見饒舌に見える語りが沈黙と隣り合わせであることを浮かび上がらせる。たとえば、次の引用のように、元女性鉱夫と戦後社会の間にある不調和に対して鋭い視線が向けられる。

新調の仏壇とガラスのひかった飾り棚や、テレビや電気釜が、せまいへやに目だちました。が、それらとはっきりした距離をおいて、おばあさんは坐っていました。じぶんにぴったりする物はどうせないのだからどんな異質なものもかまわないという風情で、手造りの巨大なダブルベッドが置いてあるのには驚嘆しました。二部屋しかない炭坑住宅の片方の四畳半は、そのベッドひとつでふさがっているのです。（三三二―三三三頁）

彼女たちは当時の生活理念がいまも社会に通用しがたくて、心が宙吊りになったままであることに堪えています。それが鉄火な気性にある種のかげをさしているのですが。（二九九頁）

高度成長を体現するマイホーム文化が炭住の中にまで押し寄せつつあった当時、女性の坑内労働の記憶は行き場を失っていた。それゆえ、元女性鉱夫の沈黙を破るには、彼女たちの話を肯定的に受け止める聞き手の存在が不可欠だった。

聞き書きという手法

本書において森崎が採用した聞き書きの手法は、今日ではアカデミズムやジャーナリズムにおいて広く用いられているが、当時はまだ一般的でなかった。大門正克は、一九五〇年代から七〇年代頃までに現れた「女性の経験を聞く動き」のうち、本書を聞き書きの形をとる先駆的な作品として位置づけている(6)。

森崎は、なぜ書き言葉と無縁な人々から話を聞き、その話を一人称の文章によって再現しようと考えたのか。本書に付録として収録した「聞き書きの記憶の中を流れるもの」(『思想の科学』一九九二年一二月号)によれば、森崎が書き言葉と無縁の人びとに魅力を感じた背景には、もっぱら文字を通じて母国に接していた植民地での幼少体験があったようである。森崎は、「文字に縁なく、そんなものを無視して暮らす人びとは、新しい泉に思えた。私は救われたかった」と述べている。その上で、「心を無にして、相手の思いの核心に耳をすます」こと、「相手の語りたく伝えたく思っておられることとの、その肌ざわりを感じとること。けっして、こちらの予定テーマを持たぬこと」などが「基本的な姿勢」だったと明かしている。

森崎の試みは、同時代あるいは後世の作家や研究者に少なからぬ影響を与えた。たとえば、『サークル村』のメンバーであった石牟礼道子の名著『苦海浄土』三部作には、聞き書きの文体が用いられている箇所がある。『苦海浄土』第一部の白眉である「ゆき女きき書」の初出は「スラをひく女たち」の連載開始から半年後の「奇病（水俣湾漁民のルポルタージュ）」（『サークル村』一九六〇年一月号）であるが、「スラをひく女たち」の影響がうかがわれる。石牟礼は、上野英信との対談「祈るべき天と思へど天の病む――『苦海浄土』来し方行く末」（『潮』一九七三年一二月号）において「方法論としての聞き書きを森崎和江さんや上野さんの文体からずいぶん学びまして、患者さんに語らせる形、「聞き書きという形のフィクション」という方法論のほうから、逆に事実のデテールを照らし出してみる方法をとりました」と述べている。さらに、森崎による聞き書きの手法は、井手川泰子『火を産んだ母たち――女坑夫からの聞き書』（葦書房、一九八四年）、林えいだい『闇を掘る女たち』（明石書店、一九九〇年）など、後続の元女性鉱夫の聞き書きにも継承されている。

（1）野依智子『近代筑豊炭鉱における女性労働と家族――「家族賃金」観念と「家庭イデオロギー」の形成過程』明石書店、二〇一〇年。

（2）山本作兵衛『新装版　画文集　炭鉱《ヤマ》に生きる――地の底の人生記録』講談社、一九六七＝二〇一一年、一〇〇頁。
（3）一九三五年には女性の坑内労働を禁じる国際労働条約が締結された。
（4）一九五九年七月号、八月号、九月号、一九六〇年二月号、三月号、四月号。
（5）「スラをひく女たち」を『まっくら――女坑夫からの聞き書き』にまとめる際、加筆されたものである。
（6）大門正克『語る歴史、聞く歴史――オーラル・ヒストリーの現場から』岩波書店、二〇一七年。

図版一覧

いずれも山本作兵衛・炭坑記録画（田川市石炭・歴史博物館所蔵、©Yamamoto Family）

〔編集付記〕

一、底本には『まっくら』(三一書房、一九七七年)を用い、理論社版(一九六一年)、現代思潮社版(一九七〇年)を適宜参照した。

二、各章扉に掲載した挿画の選定に際しては、現代思潮社版を参考にした。

三、付録「聞き書きの記憶の中を流れるもの」は『思想の科学』一九九二年一二月号を用いた。

四、文庫化にあたり、明らかな誤りは訂正し、表記やルビの整理は最小限にとどめた。

五、編集部による注記を〔 〕で示した。

六、本書には、今日では不適当な差別的な語句や表現が含まれているところがあるが、聞き書きという性格、また作品の歴史性に鑑み、底本のままとした。

(岩波文庫編集部)

まっくら——女坑夫からの聞き書き

2021年10月15日　第1刷発行
2023年 7 月25日　第7刷発行

著　者　森崎和江《もりさきかずえ》

発行者　坂本政謙

発行所　株式会社　岩波書店
〒101-8002 東京都千代田区一ツ橋 2-5-5

案内 03-5210-4000　営業部 03-5210-4111
文庫編集部 03-5210-4051
https://www.iwanami.co.jp/

印刷・理想社　カバー・精興社　製本・中永製本

ISBN 978-4-00-312261-7　　Printed in Japan

読書子に寄す

——岩波文庫発刊に際して——

岩波茂雄

真理は万人によって求められることを自ら欲し、芸術は万人によって愛されることを自ら望む。かつては民を愚昧ならしめるために学芸が最も狭き堂宇に閉鎖されたことがあった。今や知識と美とを特権階級の独占より奪い返すことはつねに進取的なる民衆の切実なる要求である。岩波文庫はこの要求に応じそれに励まされて生まれた。それは生命ある不朽の書を少数者の書斎と研究室とより解放して街頭にくまなく立たしめ民衆に伍せしめるであろう。近時大量生産予約出版の流行を見る。その広告宣伝の狂態はしばらくおくも、後代にのこすと誇称する全集がその編集に万全の用意をなしたるか。千古の典籍の翻訳企図に敬虔の態度を欠かざりしか。さらに分売を許さず読者を繋縛して数十冊を強うるがごとき、はたしてその揚言する学芸解放のゆえんなりや。吾人は天下の名士の声に和してこれを推挙するに躊躇するものである。このときにあたって、岩波書店は自己の責務のいよいよ重大なるを思い、従来の方針の徹底を期するため、すでに十数年以前より志して来た計画を慎重審議この際断然実行することにした。吾人は範をかのレクラム文庫にとり、古今東西にわたって文芸・哲学・社会科学・自然科学等種類のいかんを問わず、いやしくも万人の必読すべき真に古典的価値ある書をきわめて簡易なる形式において逐次刊行し、あらゆる人間に須要なる生活向上の資料、生活批判の原理を提供せんと欲する。この文庫は予約出版の方法を排したるがゆえに、読者は自己の欲する時に自己の欲する書物を各個に自由に選択することができる。携帯に便にして価格の低きを最主とするがゆえに、外観を顧みざるも内容に至っては厳選最も力を尽くし、従来の岩波出版物の特色をますます発揮せしめようとする。この計画たるや世間の一時の投機的なるものと異なり、永遠の事業として吾人は微力を傾倒し、あらゆる犠牲を忍んで今後永久に継続発展せしめ、もって文庫の使命を遺憾なく果たさしめることを期する。芸術を愛し知識を求むる士の自ら進んでこの挙に参加し、希望と忠言とを寄せられることは吾人の熱望するところである。その性質上経済的には最も困難多きこの事業にあえて当たらんとする吾人の志を諒として、その達成のため世の読書子とのうるわしき共同を期待する。

昭和二年七月

《日本文学(現代)》〔緑〕

怪談 牡丹燈籠	三遊亭円朝
小説神髄	坪内逍遥
当世書生気質	坪内逍遥
アンデルセン 即興詩人 全二冊	森鷗外訳
ウィタ・セクスアリス	森鷗外
青年	森鷗外
雁	森鷗外
阿部一族 他二篇	森鷗外
山椒大夫・高瀬舟 他四篇	森鷗外
渋江抽斎	森鷗外
舞姫・うたかたの記 他三篇	森鷗外
鷗外随筆集	千葉俊二編
大塩平八郎 他三篇	森鷗外
浮雲	二葉亭四迷 十川信介校注
野菊の墓 他四篇	伊藤左千夫
吾輩は猫である	夏目漱石
坊っちゃん	夏目漱石
草枕	夏目漱石
虞美人草	夏目漱石
三四郎	夏目漱石
それから	夏目漱石
門	夏目漱石
彼岸過迄	夏目漱石
漱石文芸論集	磯田光一編
行人	夏目漱石
こころ	夏目漱石
硝子戸の中	夏目漱石
道草	夏目漱石
明暗	夏目漱石
思い出す事など 他七篇	夏目漱石
文学評論 全二冊	夏目漱石
夢十夜 他二篇	夏目漱石
漱石文明論集	三好行雄編
倫敦塔・幻影の盾 他五篇	夏目漱石
漱石日記	平岡敏夫編
漱石書簡集	三好行雄編
漱石俳句集	坪内稔典編
漱石・子規往復書簡集	和田茂樹編
文学論 全二冊	夏目漱石
坑夫	夏目漱石
二百十日・野分	夏目漱石
五重塔	幸田露伴
努力論	幸田露伴
一国の首都 他一篇	幸田露伴
渋沢栄一伝	幸田露伴
飯待つ間 —正岡子規随筆選	正岡子規 阿部昭編
子規句集	高浜虚子選
病牀六尺	正岡子規
子規歌集	土屋文明編
墨汁一滴	正岡子規

仰臥漫録　正岡子規
歌よみに与ふる書　正岡子規
獺祭書屋俳話・芭蕉雑談　正岡子規
子規紀行文集　復本一郎編
正岡子規ベースボール文集　復本一郎編
金色夜叉 全二冊　尾崎紅葉
不如帰　徳冨蘆花
武蔵野　国木田独歩
愛弟通信　国木田独歩
蒲団・一兵卒　田山花袋
田舎教師　田山花袋
一兵卒の銃殺　田山花袋
あらくれ・新世帯　徳田秋声
藤村詩抄　島崎藤村自選
破戒　島崎藤村
春　島崎藤村
桜の実の熟する時　島崎藤村

夜明け前 全四冊　島崎藤村
藤村文明論集　十川信介編
生ひ立ちの記 他一篇　島崎藤村
島崎藤村短篇集　大木志門編
にごりえ・たけくらべ　樋口一葉
大つごもり・十三夜 他五篇　樋口一葉
修禅寺物語・正雪の二代目 他四篇　岡本綺堂
高野聖・眉かくしの霊　泉鏡花
歌行燈　泉鏡花
夜叉ケ池・天守物語　泉鏡花
草迷宮　泉鏡花
春昼・春昼後刻　泉鏡花
鏡花短篇集　川村二郎編
外科室・海城発電 他五篇　泉鏡花
鏡花随筆集　吉田昌志編
化鳥・三尺角 他六篇　泉鏡花
鏡花紀行文集　田中励儀編

俳句はかく解しかく味う　高浜虚子
俳句への道　高浜虚子
回想 子規・漱石　高浜虚子
有明詩抄　蒲原有明
上田敏全訳詩集　山内義雄・矢野峰人編
宣言　有島武郎
一房の葡萄 他四篇　有島武郎
寺田寅彦随筆集 全五冊　小宮豊隆編
柿の種　寺田寅彦
与謝野晶子歌集　与謝野晶子自選
与謝野晶子評論集　鹿野政直・香内信子編
私の生い立ち　与謝野晶子
つゆのあとさき　永井荷風
濹東綺譚　永井荷風
荷風随筆集 全二冊　野口冨士男編
摘録 断腸亭日乗 全二冊　永井荷風・磯田光一編
すみだ川・新橋夜話 他一篇　永井荷風

岩波文庫の最新刊

兵藤裕己編注
説経節 俊徳丸・小栗判官 他三篇

大道・門付けの〈乞食芸《こつじき》〉として行われた説経節から、後世の文学・芸能に大きな影響を与えた五作品を編む。「山椒太夫」「愛護の若」「隅田川」の三篇も収録。
〔黄二八六-一〕 定価一二一〇円

三木 清著
構想力の論理 第二

三木の探究は「経験」の論理的検討に至る。過去を回復し未来を予測する構想力に、新たな可能性を見出す。（注解・解説＝藤田正勝）（全二冊）
〔青一四九-三〕 定価一一五五円

トマス・アクィナス著／稲垣良典・山本芳久編／稲垣良典訳
精選 神学大全1 徳論

西洋中世最大の哲学者トマス・アクィナス（一二二五頃-一二七四）の集大成。初めて中核のテーマを精選。1には、人間論から「徳」論を収録。（全四冊）（解説＝山本芳久）
〔青六二一-三〕 定価一六五〇円

カール・ポパー著／小河原誠訳
開かれた社会とその敵
第二巻 にせ予言者―ヘーゲル、マルクスそして追随者 (上)

全体主義批判の本書は、ついにマルクス主義を俎上にのせる。階級なき社会の到来という予言論証の方法論そのものを徹底的に論難する。（全四冊）
〔青N六〇七-三〕 定価一五七三円

泉 鏡花作
日本橋

紅燈の街、日本橋を舞台に、四人の男女が織り成す恋の物語。愛の観念を謳い上げた鏡花一代の名作。改版。（解説＝佐藤春夫・吉田昌志）
〔緑二七-七〕 定価七七〇円

今月の重版再開

魯 迅著／松枝茂夫訳
朝花夕拾
定価五五〇円
〔赤二五-二〕

トマス・アクィナス著／柴田平三郎訳
君主の統治について
―謹んでキプロス王に捧げる―
定価九三五円
〔青六二一-二〕